JN088373
「誕生日おめでとうございます」
「あ、ありがとうございます？」
ギャルに優しい
オタク君
2
Gal ni yasashii Otaku-kun

「うおー。すげー!!」
「僕も僕も！トリックオアトリート！」
「こら、全員分あるから落ち着け！」
オタク君

優愛
リコ
『トリック・オア・トリート』
先頭を歩く子供に、リコがお菓子を渡す。
すると、先ほどとは違う
喜びの声が子供から漏れ出ていた。

愛してるゲームとは！
お互いに相手に「愛してる」と伝えるゲームである。
もし目を逸らしたり、照れたりしたら負けになる。

ギャルに優しいオタク君2

１３８ネコ

FB
ファミ通文庫

contents

イラスト —— 成海七海

第1章

時刻は午後一時。

四時限目の授業が終わり、リコが仲の良いグループと昼食を取っている時だった。

挙動不審気味にキョロキョロしたオタク君が、リコのクラスに入って来たのだ。

堂々としていれば目立つ事はないのに、これでは何かするから見てくださいと言っているようなものである。

リコと一緒に昼食を取っていた女生徒が声を上げる。

「瑠璃子ならここだよー」

「あっ、どうも」

注目を集めながら、オタク君がリコの元へ歩いて行く。

近づいてくるオタク君を見て、くすくすと笑いながら、何やら女生徒がリコに話しかけている。

その態度がリコを苛立たせているのだが、女生徒たちはそれを面白がっているようだ。

馬鹿にするというよりも、怒った姿が可愛いといった感じだ。愛玩動物のような扱い

4

である。

「で、何の用だ？」

「何々？　瑠璃子に告白？」

「うるさい！」

リコの一喝に「おー怖い怖い」と言いながらも、女生徒たちはニヤニヤしている。

そんな女生徒たちの態度はスルーしながら、ギロリとオタク君を睨みつけるリコ。

「えっと、ですね」

頬をポリポリ掻き、目線が泳ぐオタク君。完全に萎縮しているようだ。

そんなオタク君を見て、リコはため息を吐く。

「それで、どうしたんだ？」

「実は、リコさんに折り入って相談があるのですが」

リコが態度を軟化させると、ようやくオタク君が話を切り出した。

クラスメイトが聞こえるようなコソコソ声で「告白？」と言っているが、リコはあえて聞こえない振りである。ここで怒れば、またオタク君が萎縮しかねないので。

オタク君が神妙な面持ちで口を開いた。

「優愛さんの誕生日プレゼント、何を買ったら良いか分からなくて」

「なんじゃそりゃ!!」

思わず叫ぶリコのクラスメイト。

まぁ、確かに、オタク君の態度を見れば告白に思われても仕方がない。

リコと一緒に昼食を取っていた女生徒たちは、思わず噴き出した。

「良いじゃない、相談に乗ってあげなよ」

女生徒がゲラゲラ笑いながら、リコの背中をバンバン叩く。

完全に気が抜けたのか、リコはされるがままである。

「なのでリコさんに、何が良いかアドバイスを貰おうと思って」

リコはオタク君に見向きもせず、昼食を再開した。

「あーそうか。じゃあ優愛をデートにでも誘って、欲しいものがないか聞いて来い」

「そんな、デートって……」

リコ、完全に投げやり対応である。

対してオタク君は、顔を真っ赤にして「僕がデートに誘うなんて」と言いながらあたふたしている。

まぁ自己評価が低くなくても、付き合ってもいない女の子をいきなりデートに誘うのは難易度が高い。オタク君があたふたするのも、仕方がない事である。

そんなリコの対応を見て、女生徒たちが笑いながらオタク君に話しかける。

「良いじゃん、デート誘いなよ」

「えっ」

面識のない女の子と話すのは、まだ苦手なオタク君。

気圧(けお)された様子に「別に取って食わないから」と笑いながら女生徒は話を続ける。

「貰っても微妙な物って、受け取る側も気を使っちゃうからさ、デートして一緒に見て決めれば良いじゃん」

「いや、でも」

「優愛って子、彼氏でもいるの？」

「多分ですが、いないですけど」

「じゃあ良いじゃん。私も彼氏いないから、友達の男の子に『誕(たん)プレ選ばない？』ってデート誘ってもらったりするよ」

「そうなんですか？」

「明らかに下心満々だったら流石(さすが)に断るけどね。そういうの誘ってもらえるだけでも嬉(うれ)しいものだよ」

「そ、そうなんですか？」

「アタシに聞くな。自分で考えてくれ」

オタク君。腕を組み、うんうんと悩む事数秒。

「そうですね。リコさんの友達の……えっと」

「お礼は良いから早く行きなよ」

「あっ、はい。ありがとうございました」

お礼は良いからと言われているのに、律儀に頭を下げてお礼を言うオタク君。

それではと言って、教室を出ていく。

オタク君が教室から出ていくのを見送った後、女生徒たちがニヤニヤしながらリコに話しかける。

「リコさん、ねぇ」

「な、なんだよ」

「べつにぃ。そういえば瑠璃子の誕生日って二月だっけ？　楽しみだね」

「はぁ、意味分かんないし！」

興味ありませんといわんばかりに、食事を再開するリコ。

リコの耳が真っ赤になっているのは、弄（いじ）られた事に対し怒っているからという事にしておこう。

（デートがなんだってんだ。アタシだって、小田倉（おたくら）と二人で映画に行ったし）

謎の対抗意識を持つリコ。

直後、オタク君に頭を撫（な）でられた事を思い出し、顔まで赤くなったリコを、女生徒たちがからかったのは言うまでもない。

教室に戻ったオタク君。室内にいる生徒はまばらだ。

というのも、昼休憩の時間も半分が過ぎ、次の授業は移動教室のため、昼食を終えた生徒は次の教室に向かっている。

食べるのが速い男子生徒はほとんど教室におらず、女生徒が数人いる程度だ。

その中に優愛がいた。昼食を終え、村田姉妹と雑談に花を咲かせている最中のようだ。

優愛のマシンガントークに付き合っていたためか、村田姉妹の弁当はまだ半分近く残ったままだ。

絶好のチャンスである。放課後に人がいなくなるのを待つつもりだったオタク君だが、一瞬だけ悩み、ここで勝負を仕掛ける事にしたようだ。

「優愛さん、ちょっと良いですか？」

「ん？　何？」

気持ちが逸るオタク君。小走りで優愛の席まで行く。

そんなオタク君を優愛は「どうしたの？」と言わんばかりに見ている。

「優愛さん、今週誕生日でしたよね？」

「覚えてくれてたんだ！　何々？　誕生日プレゼントくれるの？」

「はい。なので今週の日曜デートしましょう」

「……は？」

優愛、思わずフリーズしてしまう。だが優愛のその言い方はヤバい。

オタク君が真っ青になっている。完全に拒否られたと思っているからである。

「ごめんなさい。迷惑でしたね」

「違う違う。本当に聞こえなかっただけだから。ごめんもう一回言ってくれる？」

「えっと。優愛さんの誕生日プレゼント選ぶので、日曜にデートしませんか？」

オタク君。もじもじと、最後は消え入りそうな声である。

放っておけば、このまま小さくなって消えてしまいそうなほどに。

「する！」

「えっ、良いんですか？」

「うん。良い！」

優愛の返事に、オタク君の表情がパッと明るくなる。

デートＯＫの返事を貰えて喜んだわけではなく、嫌われていなかったという安堵によるものである。

「じゃあ日曜日に。待ち合わせについては後でスマホで連絡しますね」

「日曜日、デート。分かった！」

優愛の語彙力が下がっているが大丈夫だろうか？

多分、今の彼女のＩＱは３か４くらいだろう。

そんな二人の様子を見て、コッソリ小声で会話をする村田姉妹。

（えっ、急に面白い事になってるんだけど⁉）

（ヤバッ、小田倉君マジウケる！）


その日の夜。

(日曜は優愛さんとデートか……デート⁉)

オタク君、寝る前になって、ようやく事の大きさを理解したようだ。

(僕なんかが優愛さんとデートなんてして良いのだろうか？)

良いも何も、優愛がOKを出したのだから何も問題はないだろう。

その後も、ベッドの上でゴロゴロしながら考え込むオタク君。

(そもそも、デートって何をすれば良いんだ？)

女の子と付き合った事もなければ、優愛と出会う前は、女の子と一緒に遊んだこともなかったオタク君。ベッドから出るとPCを立ち上げ、おもむろに検索を始める。

勿論(もちろん)、検索内容はデートについてだ。

だが、いくらネットで検索しても、オタク君が納得できるような答えは出て来ない。

そして、時だけが過ぎて行った。

(どうしよう……そうだ！)

一方その頃。

(ヤバい。オタク君がデートに誘ってくれた)

優愛も優愛で大変な事になっていた。

デートに誘われ、ふわふわした気分で浮かれていた優愛。

しかし、時間が経(た)つにつれIQが戻って来る。

戻ったIQは彼女に冷静な思考をもたらす。

（そもそも、デートって何をすれば良いの？）

彼氏が出来た事がない優愛は、当然デートをした事がない。

慌ててタンスを開け、服を漁り始める。

（オタク君って、どんな格好で行ったら喜ぶんだろう？）

いつものギャル系から、前にオタク君に選んでもらった清楚系の服まで、色々試してみるが、答えは出て来ない。無為に時間だけが過ぎて行く。

（マジヤバい……そうだ！）

スマホの画面を見て、ため息を吐くリコ。

「二人揃って、こんな時間にメッセージ送って来るなって」

深夜一時過ぎの出来事であった。

そもそも、まだ週の中日である。デートは二日以上先の話だ。

「ったく、別に小田倉と優愛がどんなデートしようがアタシには関係ないし」

翌日。三人揃って、目の下にはクマが出来ていた。今からこれでは先が思いやられる。

そして迎えたデート当日。

待ち合わせは、午前十時に、駅にある大時計の前。

だというのに、オタク君は一時間以上前に着いていた。

優愛とリコに選んでもらった服上下に、リコから誕生日プレゼントで貰った靴。

そして、優愛から誕生日プレゼントに貰った香水をつけている。

フルアーマーオタク君である。

何度もスマホを見ては辺りをキョロキョロと見回してしまう以外は、完全に風景に溶け込んだ一般人になっている。

到着した事をメッセージで送るか悩むオタク君。

(流石に早すぎるから、メッセージを送るのはもう少ししてからにした方が良いよな)

何度目かの葛藤の末に、スマホの画面を閉じた時だった。

「おーい、オタク君!」

「あれ、優愛さん?」

遠くからオタク君を見つけ、走ってくる優愛の姿があった。

優愛はいつも通りの開放的な服装である。

「ごめん。待った?」

「いえ、今来たところですよ」

使い古されたようなデート会話である。

オタク君の元まで来た優愛が「お待たせ」と言いながら笑う。

釣られるようにオタク君も笑顔になる。

「待ち合わせまでまだ一時間はありますけど」

「あー、道が空いててさ、電車が丁度来たりして早く着いたんだけど、オタク君は?」

「僕もそんな感じですね」

お互い早く着いたのは偶然という事にしたいようだ。

しかし、これ以上下手に喋（しゃべ）ればボロが出かねない。

「それじゃ、早いけど行きましょうか」

「うん。デート、どこから行く？」

自分からデートという単語を出しておきながら、言った直後に真っ赤になる優愛。

デートという単語に、一瞬心臓が跳（は）ねたかと思うほどドキッとするオタク君。

そのまま二人して目を逸（そ）らし、もじもじしてしまう。

（今日は優愛さんの誕生日なんだ。男らしくリードしなきゃ！）

「そ、そうだ。優愛さんは朝食はもうすませました？」

顔を真っ赤にしながらも、オタク君がリードの姿勢を見せる。

「あー、まだかな」

「僕もまだなので、とりあえず喫茶店にモーニングでも食べに行きましょうか」

「オッケー」

二人は駅構内にある、チェーンの喫茶店に入って行った。

そんな二人を追うように、一人の少女が跡をつけて行く。

カラフルでポップな上着とスカート。いわゆる女児服を着た少女。

道行く人よりも一回り以上小さい少女は、ぱっと見では小学生にしか見えない。

いや、ちゃんと見ても小学生にしか見えないだろう。

少女の正体は、二人にバレないように変装したリコである。

わざわざ五年以上前の服を持ち出し、髪型もバードテールと呼ばれる、ショートヘアながらツインテールにする徹底ぶりだ。

（あいつらがどんなデートしてるか、冷やかしで見に来ただけだし）

そんな風に自分に言い訳をしながら追跡を再開するリコ。

そして、女児化したリコを、サングラスにマスク姿の、怪しい格好の二人組が遠巻きに見守っている。リコのクラスメイトである。

「ミキミキ、瑠璃子のアレヤバくね？」

「あれは瑠璃子だってガチで分かんなかったわ。ヤバいってレベルじゃないっしょ」

ミキミキと呼ばれた少女、三木未希（みつきみき）と、伊藤愛美（いとうまなみ）。こっそりと野次馬をしに来た二人だが、同じように野次馬しに来たリコの姿に驚き、オタク君よりもリコを見ている。

「ってか、あんなの男子が見たら、ロリコンに目覚める奴（やつ）出るんじゃね？」

「いや、既（すで）に出てるし。瑠璃子って結構告白されてるよ」

「マジ？　ヤバいわ」

「ヤバいのは同意するけど、ミキミキ、今はアンタのがヤバいって」

ヤバいと言われたミキミキ、スマホをカメラモードにしてリコを連写している。

本人は記念撮影と言っているが、明らかにカシャカシャと撮りすぎである。

「キミたち、ちょっと良いかな？」

そんな怪しい二人組が、遠巻きに女児の写真を撮っていれば、警察が寄ってくるのは当然である。

自分たちは怪しい者じゃないと言うが、取り合ってもらえるわけもなく連行されていくリコの友人たち。

その様子を遠巻きに見ている二人組がいた。村田姉妹である。

「ヤバッ、なんか既に面白い事になってるんですけど」

「小田倉君見るどころじゃなくなってるんだけど」

もはや状況はカオスである。

「そ、そういえばオタク君。なんで急にデートしようって言い出したのかな？」

コーヒーと一緒に注文した、モーニングセットを食べ終えた優愛とオタク君。

コーヒーは飲むにはまだ熱く、スプーンでかき混ぜて冷ましながら、優愛がオタク君に質問をする。

（もしかして、告白するつもりだったのかな）

デートに誘うくらいだ。自分に好意を持っているに違いない。

なんならここで「優愛さん、僕と付き合ってください」と返事が来てもおかしくない。

優愛はそう考えていた。

「はい。リコさんに誕生日プレゼントの相談をしに行ったら、『デートに誘って、本人に直接聞いた方が良い』と言われたので」

「へぇ、そうなんだ」

「それに、リコさんの友人も、『彼氏がいないなら、男友達が誕生日プレゼントを一緒に選ぶためにデートに誘うのは普通だよ』と言ってましたので」

「そっかそっか。そうだよね」

そう言って、はにかむオタク君。優愛も苦笑いで答える。

お互いに「ははは」と笑うが、優愛の内心は微妙であった。

確かにデートに誘ってもらえるのはありがたいし、もしリコやその友人の言葉がなければデートに誘ってもらえなかっただろう。

だが何かが違う。確かにデートではあるが、優愛の思い描いていたデートとは何かが違うのだ。その何かが分からずモヤモヤする優愛。

「僕なんかで迷惑じゃなかったですか？」

「そんな事ないって、私オタク君が好き……」

「ゴフッ」

オタク君と優愛の近くの席の人が、何故か飲み物で咽たようだ。何故か。

だがオタク君と優愛は、そんな事を気にする余裕がなかった。

考え事をしていた優愛が、オタク君のネガティブ発言に対し、咄嗟に否定しようとし

て告白してしまったのだ。

「えっ……」

「違う違う、私オタク君が好きな人いるのか気になるな〜って」

「あっ、そういう意味でしたか。ははは……」

「ははは……」

優愛、そのまま勢いで告白が出来たものを、思わずヘタレてしまう。

乾いた笑いが、余計に虚しく感じる。

「僕は好きな人とかはいませんね」

「ほら、リコとかはどうよ？　小さくて可愛いし、オタク君好きじゃない？」

「えっと、リコさんは確かに可愛いですけど、僕なんかじゃ相手にされませんよ」

「ゴフッ」

オタク君と優愛の近くの席の人が、何故か飲み物で咽たようだ。何故か。

きっと、気管が弱い人がオタク君と優愛から近い席にいたのだろう。きっと。

（可愛いって、小田倉の奴何言ってやがるんだ！）

（小田倉君さぁ、優愛とデートしてる自覚あるん？）

（優愛も告ったの何やめてんだよ。っつか他の女の名前振るなよ）

何やら思念が流れてくるが、気のせいだろう。

オタク君に意中の相手がいない事に、ホッとする優愛。

数分後、自分もそういう目で見られていない事に気づき、凹んだのは言うまでもない。

もしここで、オタク君が「優愛さんは好きな相手いるんですか？」と言えば、もしかしたら事態は動いたかもしれない。

だが、そうはならなかった。

鈍感なオタク君ではあるが、優愛が普段とは何か違う事くらいは察していた。

（もしかしたら、優愛さんは好きな人がいるのかもしれない）

そうではあるが、そうじゃない！

（流石に好きな人がいるか聞くのは、良くないよなぁ）

別に好きな人がいるか聞けるくらいの仲ではあるだろう。

しかし、聞けなかった。聞くのが怖かったからである。

何故聞くのが怖いと感じたか、オタク君にも分からないが。

「優愛さん、まずは服を見に行きましょうか！」

ここでじっとしていれば、そんな事ばかり考えてしまいそうになる。

なのでオタク君はグイッと、まだ少し熱いコーヒーを飲み干し、優愛を誘う。

「うん。行こっか！」

湯気が立ち昇るコーヒーを半分残し、誘われるままに優愛は立ち上がった。

店を出て、街へウインドウショッピングに出かけるオタク君と優愛。

「ねぇねぇオタク君。この服似合う？」

「似合ってますね。そうだ、これ買いますか？」

「うんッ……っと、もうちょっと見て行かない？」

買うという言葉を、寸前で飲み込む優愛。

試着している服は、優愛の好みに合い、オタク君も素直に似合うと言うくらい、優愛に合っている。

だが、もしここで買えば、誕生日プレゼントを探すデートは終わってしまうかもしれない。なので、名残惜しいが優愛は買わない事にした。

「そうですね。次のお店に行ってみます？」

「うん！」

色々な店に入っては試着をしてを繰り返す優愛。

たまに買い食いをしたりと、傍から見れば立派なデートになっている。

「そういえばリコさんからは、プレゼント何貰ったんですか？」

「リコはピアスをくれたよ。ってかうちの学校ってかなり自由だよね。普通はピアス禁止じゃん？」

「そうなんですか？」

「そうだよ」

オシャレがしたいから入ったわけではないオタク君。その辺の校則には疎いようだ。

まぁ、やらないなら知らなくても良い事ではあるが。

「今付けてるのがリコから貰った奴だよ。ほら見て見て」

「へぇ、可愛いですね」

ほら、と髪をかき上げて耳を出した優愛のピアスに、オタク君が触ってどんな柄か確かめた。

決してオタク君にやましい気持ちはない。優愛がわざわざ耳を近づけてくるのだから、ちゃんと見ないと失礼だと思い、触って確かめただけである。

だが、優愛には効果抜群であった。目の前に接近したオタク君の顔に、思わずドキドキする優愛。

（へぇ、小田倉君やるじゃん）

（あいつ実はたらしなんじゃね？）

オタク君の行動、村田姉妹からは高評価である。自分が贈ったプレゼントをネタに、いちゃつかれたリコの心象は穏やかではないようだが。

一日中街を歩き回り、やがて時間は過ぎ、気が付けば日が沈みかけていた。

「ごめんね、一日中付き合わせちゃって」

「いえいえ、僕も楽しめましたし」

近くの公園のベンチで休憩するオタク君と優愛。

少しでもオタク君と一緒の時間を過ごしたい優愛は、結局プレゼントは選べずじまいだった。

歩き疲れた二人は、ベンチに座り、ジュース片手におしゃべりに夢中だ。デートと言って最初は緊張していた二人も、いつのまにか緊張が解け、いつも通りになっている。

「そうだ。優愛さん。ちょっと目をつぶってもらえますか？」

オタク君。何気ない顔で爆弾発言である。

（小田倉君マジか⁉）

（キスか⁉　小田倉君キスすんのか⁉）

（！！！！）

顔を真っ赤にしながら、思わずキョロキョロしてしまった優愛。

優愛の目に入ったのは、カップルばかりである。

いや、実際にはカップル以外にも、色々いた。

どこかで見たことあるような双子姉妹や、どこかで見たことあるような女児とか……。

だが、今の優愛の目には入らない。

「う、うん」

少し顔の角度を上に向け、目をつぶる優愛。

後ろ髪に、オタク君の両手を感じる。

「はい、良いですよ」

「えっ？」

目を開ける優愛。勿論キスはされていない。

首元に何やら違和感を抱き目線を落とす。

ネックレスである。先端には、小さなピンクの宝石がはめ込まれている。

「誕生日おめでとうございます」

「あ、ありがとうございます？」

優愛が誕生日プレゼントを何にするか悩んでいるのを見かねたオタク君。

彼はこんな事もあろうかと、途中でプレゼントを購入しておいたのだ。気が利く性格なので。

「あっ、可愛い」

「気に入ってもらえたら良いのですが」

「うん。気に入ったよ！　オタク君ありがとー！」

えへへと笑いながら、先端の宝石を摘まんだりしてみる優愛。

本当に気に入ったようだ。

「もう暗くなりますし、帰りましょうか」

「うん」

立ち上がるも、優愛はまだネックレスに夢中のようだ。

「優愛さん、前見ないと危ないですよ」

「……えいっ！」

右腕をオタク君の左腕に絡ませ、左手でネックレスを弄る優愛。

「これなら危なくないでしょ」

何か言い返そうとしたオタク君だが、プレゼントをそれだけ気に入ってくれたのだ。誕生日なのだから、もう少しだけ優愛のワガママに付き合おう。そう思い腕を絡ませたまま歩き出す。

デートが終わり、帰宅した優愛。自分の部屋に戻ると、机まで一直線に向かう。

机の上には、少し塗装が剝げてもう使わなくなった付け爪が飾ってある。オタク君から初めて貰った、思い出の宝物だ。

そこに、先ほどまで付けていたネックレスを箱に入れ、蓋を開けたまま隣に置いた。

彼女の新しい宝物である。

ネックレスに付いている宝石の名前は、ピンクトルマリン。

十月の誕生石で、身につけると願いが叶うと言われている物だ。

もし優愛に意中の人がいるのなら、その人と結ばれるようにと、オタク君が願いを込めて選んだプレゼントである。

オタク君は気づいていないだろう。

ピンクトルマリンの宝石言葉は、幸福、喜び、そして……愛情。

「ねぇ、話があるんだけどさ」

放課後の教室。

優愛が真剣な目で村田（姉）に相談を持ち掛けていた。

「ん？　どうした？」

「実は……えっと、友達、そう友達の恋の相談があるの」

「友達ねぇ……まぁいいよ。話してみて」

友達の事で相談というのは、大抵本人の事である。

「あのね、その友達は好きな人がいるんだけどさ」

「はいはい（小田倉君の事ね）」

「それで仲良く出かけたらしいんだけどさ」

「はいはい（小田倉君とのデートの事ね）」

「いざキスするぞってなったと思ったら、キスじゃなかったらしくてね」

「はいはい（小田倉君からネックレス貰った事ね）」

「それで、どうすればキス出来たのかなって」

「なるほどね」

普通なら、この説明では状況が分からないから答えようがない。

だが、村田姉はこっそり妹と覗（のぞ）いていたので今の説明だけで十分すぎるほど理解した。

そう、優愛が恋愛クソザコナメクジだという事を。

それも仕方がない事である。オタク君たちが通う学校は、校風の自由に憧れ受験する生徒が多いため、恐ろしい倍率を誇る高校だ。並大抵の努力では入学できない狭き門。そのため、勉強に相当な時間を費やす必要があった。そして勉強だけでなく、憧れのギャルになるための努力だって欠かせない。オシャレをしたいがために入ったのに、勉強だけしていてダサくなってしまっては本末転倒だからである。

猛勉強をしながら、合間にオシャレもする。故に、恋愛に現を抜かす暇がない。

これは優愛だけではなく、大体の新入生に当てはまる。入学して半年、ようやく余裕が出来てきて、付き合う者たちが出てきた程度である。

「優愛お目が高いじゃん。お姉ちゃん恋愛経験豊富だからめっちゃ答えられるよ」

「別にそんなんじゃないって」

「この前だって新しい男連れてたじゃん」

「マジ⁉　凄いじゃん！」

「だからそんなんじゃないって」

そう言いながらも、得意顔の村田（姉）。

もっと言ってくれと顔に書いてある。

「それで、キスするのってどうすれば良い⁉」

「そうだな……あっ、そうだ。図書館行こう！」

村田（姉）の発言に、優愛も妹も首を傾げる。

キスと図書館の関係性が分からないからである。

「なんで図書館？」

「知らないの？　図書館ってティーンズ向け雑誌とかめっちゃ置いてあるから」

「そうなの？」

「うん。立ち読みだと色々気になるっしょ？　図書館なら古いのも見られるから便利よ」

「マジか、じゃあ図書館行こう！」

カバンに荷物を乱雑に詰め込み優愛が立ち上がる。

村田姉妹の方は、既に準備が万全のようだ。

さぁ行こうとしたところで、優愛を呼ぶ声が聞こえた。声の主はリコである。

「おーい優愛。帰るぞ」

「あっ、リコ丁度良いところに。一緒に図書館行こう！」

「そうか。お疲れ」

優愛の後ろで何やらニヤニヤしている村田姉妹を見て、嫌な予感がしたのだろう。

回れ右をするも、その場で優愛に捕まり、リコも図書館へ行く流れになった。

「どうしてアタシまで」

ブツブツと不満を呟きながらも、律儀について行くリコ。逃げようと思えば逃げられなくはなかった。だが、優愛の相談内容を聞いて気が変わったようだ。

(優愛は変な事吹き込まれかねないしな)

優愛のために仕方なくついて行く。リコの中で、落としどころを見つけたようだ。

村田(姉)に先導されながら、優愛たちは市の図書館へ入って行く。

「うわっ、マジで本ばっかりじゃん」

「そりゃ図書館だからね」

一応子供向けや歴史物のDVD、クラシック音楽のCD等もあるが、基本は本ばかりである。

村田(姉)が慣れた足取りで階段を上がっていく。目的の物は上の階にあるようだ。

そのまま三階まで上がり、適当に空いている六人掛けのテーブルを陣取る。

リコ、優愛、村田(妹)の順で座り、講師役ということで対面に村田(姉)が座る。

「適当に雑誌持ってくるから待ってて」

村田(姉)が席を立つと、優愛たちは思わずキョロキョロしてしまう。

初めて、というわけではないだろうが、あまり図書館を利用した事がないのだろう。

周りには自分たちと同じように小声で談笑しながら勉強しているグループや、仕切り板で囲われた一人用の机で勉強する者。音楽を聴いている者等、それぞれだ。

「お待たせー」

戻って来た村田(姉)が、両手いっぱいに抱えた雑誌を机に置く。

その中からまず、オススメの雑誌を取り出して、中を開く。

「えっ、えっ、キスってこんな⁉」

「……ッ！」

「マジ、これマジですんの？」

優愛の相談である、キスの内容だ。

普通のキスからディープなものまで、やり方をわざわざ図解付きで説明してある。

その内容を読むごとに、小声でキャーキャーと騒ぐ優愛たち。

優愛だけでなく、リコも村田（妹）も顔を真っ赤にしながら読んでいる。

そう、彼女たちも優愛と同じく、経験０の恋愛クソザコナメクジなので。

「ねぇ、キスは雰囲気が大切ですって、その雰囲気にするにはどうすれば良いのかな？」

「そりゃあ、キスしても良いって感じにするんだろ？」

「でも相手がキスして良い感じか分からなかったりするじゃん？」

「あー、確かにな」

「そういう時は『良いよ』とか言うべきだったんじゃね？」

もはや友達の相談という体も、覗いていた事を隠すのも忘れている。

「お姉ちゃんだったら、どうやってそういう雰囲気にする？」

「え、ウチ⁉　あー……『して』って言うかな」

「マジか」

村田（姉）の発言に、思わず黙る優愛とリコ。
（してって、自分から言うなんて恥ずくない？）
夜の公園のベンチで見つめ合う優愛とオタク君。
会話がふと止まり、沈黙の時間が流れる。
『ねぇ、オタク君……して』
『優愛さん……優愛』
そっと目を閉じた優愛に、オタク君の唇が迫る。
（何それ、ヤバいヤバい。オタク君そんな事までするとか大胆じゃない⁉）
優愛、村田（姉）の発言を真に受け、完全に妄想に浸っている。
そんな優愛の隣で、リコも顔を赤くして俯いていた。
リコの頭の中では、映画館で、男女のキスシーンが映し出されていた。
それを見て、顔を赤くし困ったような表情で俯くリコの頭を、オタク君が撫でている。
『小田倉。頭を撫でるだけで良いのか？』
『えっ……』
『キス……しても良いよ』
そっと目を閉じたリコの頭を撫でながら、オタク君の唇が迫る。
（小田倉の奴、映画館で他にも人がいるのに大胆かよ‼）
優愛と同じく、妄想に浸るリコ。

「あれ、皆で勉強ですか？」

本物のオタク君登場である。

手には色々な本を持っている。どうやら彼も図書館を利用しているようだ。

突然のオタク君の登場に、声こそ出さなかったものの、思わずガタッと物音を立ててしまう優愛たち。

一瞬だけ他の利用客が振り向くが、すぐに興味をなくし、読書や勉強を再開する。

「小田倉君も来てたんだ、良かったら一緒にどう？」

「良いんですか？　丁度席を探してたので助かります」

チラリと席を見るオタク君。優愛の隣は全部埋まっている。

となると、座るのは村田（姉）の隣である。

優愛とリコが固まっている事を気にも留めず、机の上に本を置いて行く。

魚の捌き方、キャンプ道具の活用法、釣りの名所など、雑多な趣味の参考書だ。

ラノベも何冊か入っていたりする。

オタク君の小遣いでこれらの本を買うのは厳しい。

なので、定期的に図書館を利用して、節約出来るところは節約しているのだ。

「へぇ、小田倉君色んな本読むんだ」

「やりたい事がいっぱいあるので、図書館は調べるのに最適なんですよ」

村田（姉）の言葉に返事をしながらも、オタク君は優愛とリコを見ていた。

オタク君の急な登場に、心臓が止まりかけた二人。

現れる寸前までの妄想を思い返すと、オタク君の顔をまともに見れず、挙動不審な動きをしてしまう。そして、それが余計にオタク君の興味を引いてしまう。

(二人ともどうしたんだろ?)

「「あっ!」」

オタク君と村田(姉)が驚きの声をハモらせる。

村田(姉)は、オタク君が持ってきた本がちょっとだけ気になり、取ろうとしたところ、優愛やリコに気を取られ、よそ見していたオタク君と手が触れ合ってしまったのだ。

「えっと、もしかしてキャンプに興味あったりしました?」

「あはは~、うん。ちょっと興味あるかな。ちょっとだけ」

お互い顔を真っ赤にしながら、しどろもどろの会話を繰り広げる。

オタク君は当然として、村田(姉)もこの程度で顔を赤くして動揺してしまっているのだ。何故か⁉

そう、何故なら村田(姉)も恋愛クソザコナメクジだからである‼

彼氏がいるとは真っ赤な嘘である。

たまたま男子と帰りが一緒だったのを妹が見て、勝手に勘違いしてはしゃいでいただけなのだ。

持ち上げられ、良い気になって思わず「まぁこれくらいはね」等と言ってしまったため、後に引けなくなったのだ。

「そうなんですか。村田さんはどんなキャンプとかしてみたいです？」

「あー、女子会みたいな感じ？　なんか騒いでBBQしてテントに入ったりして？」

オタク君。仲間を見つけたと思い、思わず早口口調。

そこまで興味はないが、とりあえず話を合わせる村田（姉）。

キャンプに興味はないが、ぐいぐいと来るオタク君につい釣られて返事をしてしまう。

どうやら、強気に迫られるとチョロいようだ。

「それならこの本がオススメですね。道具一式貸し出してくれる所とかも書いてあるので便利ですよ」

「へぇ、そうなんだ。じゃあ今度やる機会があったら一緒にやろうか」

「えっ、僕と二人で、ですか？」

「あっ……勿論優愛たちもだよ。ほら、皆でやると楽しそうじゃん？　それに小田倉君詳しそうだし」

「そ、そうですね。それじゃあ今度やる時があったら誘ってください」

「おっけー、そん時はよろしく」

（す、凄い。自然にデートの約束まで取り付けてる）

（なるほど。ああやって相手の興味のあるもので誘うのか）

（お姉ちゃんマジヤバい。小田倉君一瞬で落としてんじゃん）

優愛たちの中で、村田（姉）の株が爆上がりした瞬間である。

その後、しばらくの間、優愛とリコがオタク君に話しかける際に、オタク君の趣味に合わせた話を振るようになったのは言うまでもない。

第2章

十月の終わり。

日本各地で、市民権を得たお祭りが開催される。

そう。ハロウィンである。

かつて日本ではネットゲーム等のイベントで扱われる程度だったハロウィンだが、近年になり急激にその知名度を上げていった。

今では知らない者の方が少ない、クリスマスやバレンタインに匹敵するほどのイベントになっている。

『トリック・オア・トリート』

子供が仮装してそう言えば、大人たちがお菓子をくれる。その程度の認知であるが。

なので、ハロウィンになれば、大人たちが子供たちにお菓子を与えるイベントを開催している自治体は少なくはない。

「というわけで優愛、お父さんとお母さんは仕事でいないから代わりに出てくれないか」

「えー、急すぎない？」

「急に仕事が入ったのよ。ごめんね」

どうやら優愛の家は、そのイベントがある地区のようだ。

両親の都合で家を空ける事が多い鳴海家。

町内会の持ち回りでやるイベントにはあまり出られないため、出来る限り参加はしているのだが、今回も両親は出られないようだ。

とはいえ、仮装して子供にお菓子を配るだけのイベントなので、リビングでダラダラとTVを見ていた優愛に、代わりに出てもらうようにお願いをしている最中である。

「その代わりほら、お小遣いあげるから」

「えっマジ？　じゃあやるやる！」

交渉は成立のようだ。

父が財布から五千円を取り出し優愛に手渡すと、小躍りしながら優愛が受け取る。

その様子に両親が微笑む。娘に対しての愛情だろう。

「でも、暗くなってからやるんでしょう？　大丈夫かしら」

「確かに、年頃の娘一人に行かせるのは心配だね」

頼んでおいて、不安になる両親。

治安が悪いわけではないが、年頃の娘を一人で夜出歩かせるのは危険である。

不安そうな両親を見て、優愛は思った。

（やっぱなしとか言われたら、お小遣い取り上げられるじゃん）

「そうだ！　じゃあオタク君も誘ってみるのはどう？」

「オタク君？」

父親の頬がピクリと動き、パッと笑顔になる。

「そうか。オタク君が一緒なら安心だな！」

「いいよ。私がお願いするから。ってかお母さんが言うとか恥ずいって！」

「そうねアナタ。それじゃあ私からオタク君に、お願い出来るか聞いておきます」

オタク君。優愛の両親とは一度も会った事がないが、謎の信頼を得ている。

というのも、普段から優愛が両親にオタク君の話ばかりしているからである。

最初の頃は父親も母親もオタク君に対し警戒心を持っていた。

年頃の男女だ。間違いを犯さないとも限らないと。

しかし、半年経てども浮いた話は出て来ない。

結果、優愛の両親から無害判定をもらい、いつも優愛に良くしてくれている〝ただの〟友人と思われているのだ。

「オタク君はOKだって。ついでにリコも来るってさ」

「そうかそうか。じゃあ当日は家でゆっくりしてもらいなさい」

「オタク君とリコちゃんが夜ご飯をウチで食べて行くなら、お金を置いて行くから出前でも取りなさい」

「はーい」

こうしてオタク君たちは、鳴海家の両親の代わりにハロウィンに出る事になった。

「ところでさ、このハロウィンの衣装ダサくね？」

翌日。ハロウィンのお菓子選びと、衣装選びに鳴海家へ出向いたオタク君とリコ。

オタク君とリコに、自分用に用意された衣装を手に持って見せる優愛。

ハロウィンらしい魔法使いの衣装なのだが、セクシーというよりは、大釜をオオベラでかき混ぜている魔女のような衣装だ。

子供にお菓子を配るのだから、露出は少ない方が良い。

そういう意味では、優愛の両親が選んだ衣装は間違っていないだろう。

「子供たちにお菓子を配るわけですし」

「優愛は普段露出狂してるんだから、それで帳尻合わせろって事だよ」

「おっ？　リコ喧嘩か？　受けて立つぞ！」

「小田倉はどんな仮装するんだ？」

「うわーん。オタク君、リコが言葉の暴力でイジメてくる。物理の暴力で一緒にやり返そう」

「まぁまぁ、優愛さん落ち着いてください」

衣装を投げ捨て、泣きついてくる優愛に、オタク君が苦笑いをする。

リコさんもその辺にしてと言うオタク君に、分かったよとリコが答える。

「僕がやるのはミイラ男ですね」

「あー、私もそれやりたい。全身包帯でグルグルとか面白そうじゃね？」

秒でオタク君とリコから却下される優愛。

二人の脳内では、全裸で包帯を巻いた優愛がギリギリな格好をしていた。

そんな格好をしていれば、お菓子の人ではなく、おかしい人に認定されるだろう。主におまわりさんに。

「ミイラって言っても、僕は服を着て、素肌が見える部分に包帯を巻くだけですし」

「そうなんだ。裸じゃないのか」

「捕まるっつうの」

ハロウィンの時期は、イベントにかこつけて不審者も出没しやすい。

そのため、警察も目を光らせているのだ。なので流石に危ない格好は出来ない。

「リコはどんな格好するのさ？」

「アタシはその、ドラキュラかな」

「ふーん」

聞いてみたが、思ったよりも普通の格好で思わずそっけない返事をしてしまう優愛。

ハロウィンなのだから、普通なのは当然である。

まぁ、仮装と聞いてコスプレで参加する者も少なくはないが。

「オタク君、これ何とか出来ない？」

「そうですね。多少改造するくらいなら出来ますけど」

「えっ、マジで⁉」

「リコさんにも頼まれているので、ついでにやりましょうか？」

「うんうん。そうだ、お父さんから衣装とか配るお菓子の分でお金貰ってるから、それ使って良いよ」

「いや、流石にそのお金はちょっと」

「えっとね。お金貰う時に『来年もよろしく』ってオタク君に言ってたよ」

「あはは……」

「小田倉、貰っとけ」

優愛の両親、早速来年の契約まで取り付けるつもりである。

優愛のどこか図太い性格は、どうやら親譲りのようだ。

「それじゃあ、明日放課後空いてますか？」

「うん」

「空いてるよ」

「衣装作りの材料と、配るお菓子を何にするか選びに行きましょうか」

翌日。材料を買いそろえ、配るお菓子を決めたオタク君たち。

衣装も無事出来上がり、ハロウィン当日を迎えた。

優愛の家で出前を取り、オタク君、優愛、リコはハロウィンの衣装に着替えていた。

「ヤバッ、これマジであのダサい衣装なの？」

優愛が着ている衣装は、黒のビスチェに、ひらひらのミニスカートである。

元は大釜を煮込む魔女のような衣装だったが、優愛の「可愛くて動きやすい服」というオーダーに合わせ手直ししたものだ。

全体的にカットをして露出を増やしたが、胸元は完全に隠されている。

ミニスカートの下も、ストライプ柄ストッキングを穿いているので肌の露出が少ない。

更に上からマントを羽織らせているので、露出した二の腕などは、動いていないとあまり見えない感じになっている。

「これ凄く可愛くない⁉　ってかストッキングとマントいらなくね？」

早速その場で脱ごうとし始める優愛の手を、オタク君とリコが掴み制止する。

「いえ、必要です」

「ないと優愛が捕まるだけだよ」

優愛としては軽い冗談のつもりだったが、オタク君とリコはマジと受け取っていたようだ。

もし警察に捕まれば、自分たちも同じように取り調べを受け、親や学校に連絡がいくだろう。そうなれば恥ずかしいというレベルではすまない。

「むぅ……東京のハロウィンとかでは普通なのに」

あちらは規模が大きすぎて、警察の手が回らないといった感じだろう。

仕方がないといった様子で、ストッキングとマントを脱ぐのは諦めたようだ。

ブツブツ言いながらも、優愛は鏡の前でポーズを取ったり写真を撮ったりしている辺り、衣装を気に入ってはいるようだ。

「オタク君のそれは、暑くないの？」

「ちょっと暑いですね」

オタク君。無地のTシャツに半ズボンを穿いて、露出している肌を包帯でぐるぐる巻きにしている。

いわゆるミイラ男である。十月の終わりと言えども、気温はまだ20度を超える。

流石に暑いのか、今は包帯を外している。

「子供たちが出てくるのは夜ですから、それまでには涼しくなると思いますよ」

「それもそっか」

「はい。そういえば、リコさんの方はどうです？　何か不都合とかありません？」

「いや、大丈夫だ」

リコはというと、ひらひらした白いブラウスに、ゴシック調の黒いスカート。頭には悪魔の羽を模したカチューシャを付けた可愛らしいドラキュラである。

いや、正しくはドラキュラをモチーフにした、ゲームキャラのコスプレである。

『キミをカプッとして眷属にしちゃうゾ』が口癖の、人気キャラである。

何故コスプレにしたか。

それは以前、オタク君がリコと今度コスプレをする約束を取り付けたが、やるとしても来年の七月。遠い、流石に遠すぎる。

なので、今回のハロウィンは良い機会であった。

言ってしまえば仮装もコスプレの一種。なのでリコにコスプレをさせるチャンスだった。

だが、明らかなコスプレだと批判を浴びるかもしれない。考えた結果、この衣装にたどり着いた。

この衣装なら見る人から見たらゲームのキャラのコスプレだと分かるが、一般人から見たらドラキュラっぽい格好だ。

露出も少ないので、最初はコスプレしませんかと言われ反対していたリコも、オタク君の説得を大人しく聞き入れた。

なんだかんだ言いながら、実はリコが好きなキャラなので興味があったというのもあるが。

そしてリコが好きなキャラだと分かった上でオタク君は提案したのだから、策士である。

「リコはずいぶん可愛い格好してるじゃん。こういうのってゴスロリって言うんでしょ？　それともリコだからロリロリ？」

「ぶっ飛ばすぞ！」

「まぁまぁ、リコさん。優愛さん、これはゴスロリじゃないですよ」

フリルやレース等が少ないとはいえ、リコの衣装は限りなくゴスロリに近いだろう。

だがそう言うとリコが嫌な顔をして、優愛がそれを弄りめんどくさい事になりそうなので、あえて否定するオタク君。

プンスカといった様子で怒るリコを、優愛は写真に収め始める。

「ちょっ、何勝手に撮ってるんだ」

「せっかく可愛くなってるんだから、ちょっとくらい良いじゃん」

「おい、暑苦しいから引っ付くな！」

「オタク君、ほらほらツーショット撮ってよ」

引きはがそうとするリコだが、優愛との体格差もあって抵抗できないでいる。

身長差約三十センチ。もはや大人と子供である。

「あーもう、分かったから一旦離せ。ってか変な所触るな！」

オタク君。カメラを構えながらも顔は真横を向いている。

目の前で繰り広げられる壮絶な百合合戦。組んず解れつな二人のあられもない姿に思わず目を逸らしてしまったのである。

紳士と言うべきか、ヘタレと言うべきか。

「おい小田倉。見たか⁉」

「いいえ。見てません！」

オタク君が横を向いている理由を察し、スカートを押さえるリコ。

優愛も顔を赤くしてスカートを押さえている辺り、今日は見られたら恥ずかしい下着だったようだ。そもそも、見られても恥ずかしくない下着があるのもどうかと思うが。

見てませんと言うオタク君だが、横を向いているという事は見えましたと言っているようなものである。

リコは諦めて、優愛と写真を撮る事にしたようだ。

せっかくの衣装が、こんな事で破れたりしては台無しだ。

それに、初めてのコスプレ。写真を撮られる事自体は嫌ではない。

素直な性格ではない。

そんなリコに絡む優愛も、リコが可愛くて仕方ないからついからかってしまうのだ。

普通に「一緒に写真を撮ろう」と言えば良いだけのものを、随分と回りくどい。

こちらもこちらで、素直な性格ではないのである。

スマホを構え、カメラマンと化したオタク君。次々と優愛とリコの写真を収めていく。

不意に、スマホのアラームが鳴り始める。

「そろそろ時間みたいですね。行きましょうか」

「うん」

「そうだな」

玄関に向かうオタク君たち。

手にはバスケットを持ち、中には沢山のお菓子が詰められている。

「そうだ。リコさん、ちょっとこれ試（ため）してみませんか？」

「ん？　試す？」

事前にオタク君と優愛は相談していた。

リコの身長が低いため、もしかしたら警察に呼び止められるかもしれない事を。

近所の子供なら、町内会のハロウィンだと知っているから問題はないが、リコはこの辺りの人間ではない。

学生証を出せば、オタク君たちと同じ高校生だと分かってもらえるだろうが、リコは良い顔をしないだろう。なので、オタク君はこの日のために母親からある物を借りて来た。

ごそごそと紙袋から何かを取り出すオタク君。

「はい、厚底ブーツです」

オタク君が取り出したのは、靴底が約二十センチもあるブーツ。

そう、90年代のギャルに爆発的にヒットした、あの厚底ブーツである。

かつてオタク君の母親がギャルだった時に履（は）いていた物だ。

「お、おう」

その圧倒的なデザインに引き気味のリコであるが、オタク君の手を借りて片方ずつ履いていく。

どうやら足のサイズは、ピッタリだったようだ。

「お、おお！」

普段よりも視界が二十センチ近く高くなったリコ。

オタク君は無理でも、優愛とは上を向かずに目を合わせる事が出来る。

「これ、良いな！」

興奮気味に歩き出そうとするリコ。

「あ、危ないです」

「うおっ」

転びそうになったリコを、抱きしめるように捕まえるオタク君。

「ゆっくり歩かないと危ないですよ」

「そ、そうだな」

オタク君に抱き着くように掴まりながら、ゆっくりと歩くリコ。

いや、ずずず、ずずずと、歩くというよりは引きずるといった様子だ。

リコが履いている厚底ブーツの底は少し擦り切れているので、当時のギャルも歩くというよりは引きずって歩いていたのだろう。

「お、小田倉。離すなよ。絶対に離すなよ」

「えっと、この靴、やっぱり止めておきます？」

「大丈夫だ。すぐ慣れるから！」

たとえ歩きづらく危険であっても、せっかく手に入れた二十センチ。

リコにとっては夢の靴なのだ。手放す気は更々ない。

オタク君に摑まりながら、ゆっくりと引きずるように歩くリコ。

危なっかしい足取りで、時折躓いたりしながらも、それすらも楽しいといった様子でご満悦の笑顔である。

そんな二人の様子を、優愛は頰を膨らませながら見ていた。

「私たちの担当する場所は、この辺りだね」

オタク君たちが着いたのは、住宅街の見渡しの良い道路沿川。

日は落ちているが、住宅から漏れる明かりや街灯でそこまで暗さを感じさせない。

少し離れた場所には、自分たちと同じように仮装した大人たちが、バスケット片手に立っている。

オタク君たちと同じく、子供たちにお菓子を配るために来た大人たちだろう。

「ここを通る子供たちにお菓子を配れば良いんですね」

「うん。ちゃんと『トリック・オア・トリート』って言われてから渡すんだよ」

「分かりました」

オタク君と優愛が話している間、リコは「あぁ」や「うん」と言った相槌ばかりしていた。

厚底ブーツに慣れてきたとはいえ、履いてから、まだ一時間も経っていない。

立ち止まっているだけでもバランスを取らなくてはいけないので、いっぱいいっぱいなのである。

そんなリコの様子を見て、優愛がちょっかいをかける。

「ねぇリコぉ、聞いてる？」

「聞いてるから、聞いてるから靴底を蹴るなっ！」

優愛に靴底を蹴られるたびに、オタク君に摑まりながら、生まれたての小鹿のように足をガクガクさせるリコ。

苦笑いを浮かべるオタク君が、不意に優愛たちから視線を逸らす。

「どうやら来たみたいですよ」

距離があるので、オタク君たちの元へ届く声は小さいが、それでも元気のよい声が聞こえてくる。

『トリック・オア・トリート』

子供たちがそう言うたびに、仮装をした大人たちがバスケットからお菓子を取り出して渡している。

お菓子を受け取った子供たちは、喜びながら手に持った袋にお菓子を入れていく。

しかし、そんな子供たちの中には浮かない顔をしている者も少なくはない。

何故か？

貰えるお菓子が少ないからである。

子供たちは二十人ほど。その人数に合わせてお菓子を買っていれば、お金がかかる。

故に、飴玉が沢山入ったお菓子を選ぶ世帯は少なくはない。

お菓子が一杯貰えるイベント。

そんな期待とは裏腹に、子供たちが貰えるお菓子は微々たるものだったりする。

「予想通りですね」

「オタク君の言う通り、ちょっと子供たちのテンション低いね」

対してお菓子をあげた大人たちは、満足気にニコニコしている。

なので、子供たちは尚更文句が言いづらい状況だ。

子供たちがオタク君たちに近づくにつれ、微妙な表情をしているのが見えてくる。

高学年の子が小声で「貰ったらちゃんと喜ぶんだぞ？」と年下の子たちに言い聞かせている姿が物悲しい。

『トリック・オア・トリート』

先頭を歩く子供に、リコがお菓子を渡す。

すると、先ほどとは違う喜びの声が子供から漏れ出ていた。

キラキラした笑顔だ。作り笑顔ではない、本物の。

「これ、全部貰えるの⁉」

「あぁ、そうだぞ」

オタク君が用意したのは、お菓子の詰め合わせである。

十円や二十円ほどの駄菓子を詰めた、一袋百円程度のお菓子の詰め合わせ。

出来るだけ大き目の物を選んだ甲斐（かい）があり、値段の割に沢山入っているように見える。

「うおー、すげー!!」

「僕も僕も！　トリック・オア・トリート！」

「こら、全員分あるから落ち着け！」

お菓子の詰め合わせを見た瞬間に、子供たちが我先にと言わんばかりに寄って来た。

オタク君や優愛は問題ないが、リコは厚底なので必死である。

高校生のオタク君たちは、大人の考えも、子供の考えもどちらも理解できる年頃だ。

なので、大人たちが出来るだけ安くすませようとして、子供たちが理想と現実のギャップに苦しむのを何となく予想していた。

だから、出来るだけ低予算で子供たちを喜ばせる方法を、今日のために考えていた。

お菓子を受け取った子供たちの笑顔を見れば、その考えが間違っていなかったのは一（いち）目瞭然（もくりょうぜん）である。

ようやく全員にお菓子が行き渡り、最後の一人にリコがお菓子を手渡した。

「お姉ちゃん」

お菓子を受け取った少女がリコに声をかけた。

「アタシ？」

「うん。お姉ちゃん、ありがとね！」

「あ、あぁ」

バイバイと手を振って少女が歩いて行く。

そんな少女を、リコは手を振り返して見送った。

「良かったですね」

「良かったじゃんリコ。お姉ちゃんだって」

ちょっとからかい気味の優愛だが、今のリコには、そんな事はお構いなしだった。

手を振って去っていく少女はリコよりも身長が高そうである。しかし今は厚底ブーツのおかげでリコの方が身長が高い。

そのおかげで、少女にちゃんと「お姉ちゃん」と認識されたことが、リコにはたまらなく嬉しかったのだ。

なんなら、普段は小学生にすら年下に見られる事があるくらいなので……。

リコが声を弾ませる。

「ほら、子供たちも行ったし、アタシたちも帰るよ」

思わず鼻歌を歌いそうな足取りで、リコが歩き出す。

そんなリコをからかおうとする優愛だが、オタク君が肩を叩き首を横に振った。

せっかく良い気分になっているのだから、そのままにしておきましょうと。

軽く笑った優愛は、それ以上リコをからかおうとはしなかった。オタク君の意見に同意なのだろう。

既に暗くなった帰り道。

リコの機嫌は良いままだ。

前を歩く優愛。

その足下にある縁石を見て、リコがふと思いつく。

(これに乗れば、小田倉と目線が合わせられるんじゃないか?)

「おい小田倉」

「どうしました?」

「これで……うわっ!」

バランスの悪い厚底ブーツを履いたまま縁石に乗り、バランスを崩すリコ。

思わず「危ない」と支えに行ったオタク君を巻き込み、盛大に転んでしまう。

「もうリコぉ、浮かれてるからそうなるんだよ。二人とも大丈夫?」

倒れた二人を心配し、優愛が声をかける。

どうやら大きなケガはないようだ。さっとオタク君とリコが離れる。

「ええ、僕は大丈夫ですけど、リコさんはケガしてませんか?」

「あ、あぁ大丈夫だよ」

大丈夫と言って、立ち上がろうとするリコだが、足に違和感を覚え顔をしかめる。

どうやら転んだ際に足をくじいたようだ。

「ちょっと、マジで大丈夫なの?」

「だ、大丈夫だ」

「全然大丈夫じゃないですよ」

立ち上がろうとするも、苦痛の表情を浮かべるリコ。

「ほら、肩貸してあげるから」

「わりぃ」

優愛の肩を借りて歩こうとするリコ。しかし、バランスの悪い厚底ブーツでは上手く歩くことが出来ない。

靴を交換するか提案する優愛だが、優愛とリコでは足のサイズが違う。

「優愛さん、リコさんの靴を持ってもらって良いですか？」

「うん、良いよ」

「リコさん。背負うので乗ってください」

背負ってもらう恥ずかしさや、自分のせいでオタク君も少なからずケガをしているのに申し訳ない気持ちで一杯のリコ。

だが、ここでリコが断ってもオタク君は引かないだろうし、事態が良くならない事くらいは、リコも理解している。

「わりぃ、世話になるわ」

「気にしないでください。筋トレと思えば全然余裕ですから！」

なので、大人しくオタク君の世話になる事を選んだようだ。

優愛の家までリコを背負って歩くオタク君。

「そういえば二人とも、顔真っ赤だけど大丈夫？」

「今日はまだ暑いですからね！」

「そうだな。背負ってもらって言うのもなんだけど、くっ付いてると余計暑く感じるしな！」

「ふ～ん」

優愛の家にたどり着き、玄関でリコを降ろすオタク君。

「今日はリコ泊まってって、明日まだ痛むようなら親を呼ぼうか」

「あぁ、そうさせてもらうよ」

「それじゃ僕は帰るので、リコさんお大事に」

玄関の扉に手をかけるオタク君に、優愛が不満そうに言う。

「え～、オタク君も泊まっていけば？　今日うち親いないし」

「親がいないなら、尚更ダメですよ⁉」

「えー」

親がいないのに、一つ屋根の下で男女が泊まるのは問題である。

たとえリコが一緒だったとしてもだ。

せめてキズの手当だけでもという提案も断り、オタク君は帰って行った。

「リコ、さっき転んだ時に服とか汚れたっしょ？　先シャワー浴びる？」

「そ、そうだな。じゃあ先に借りるよ」

「じゃあ適当な服置いとくから、入っといで」

風呂場に入り、シャワーのハンドルを回すと勢いよくお湯が出てくる。

それを頭からかぶるリコ。彼女の頬は火照(ほて)ったように真っ赤に染まっていた。

同時刻、まだ少しだけズキズキと痛む体に耐えながら歩くオタク君。

彼の頬も、リコと同様に火照ったように真っ赤に染まっていた。

(さっき僕、リコさんと)

(さっきアタシ。小田倉と)

(……キス、しちゃったんだよな))

先ほどの転んだ際の出来事である。

オタク君とリコは目が合った状態で、お互いの唇(くちびる)が触れていたのだ。

それは優愛に声をかけられるまでの、たった一秒ほどの時間である。

だが、二人は確実にキスをしていた。

どさくさだったので分からなかったなんて言い訳が通じないレベルで。

閑話「りこきす」

放課後の第2文芸部。

オタク君が部室に入ると、既にリコが来ていた。

チョバムとエンジンはまだ来ていないようだ。

「お、おっす小田倉。優愛は？」

「今日は用事があるそうで、まっすぐ帰りました」

「そ、そうか」

「はい」

軽く会話を交わすが、お互いすぐに無言になってしまう。

先日のハロウィンで、キスしてしまった事を意識しているからである。

「そうだ、足は大丈夫でしたか？」

「あぁ、次の日にちょっと腫れたけど、もう大丈夫だよ」

「そうですか。それは良かった」

そしてまた、しばしの無言。

どこかぎこちない会話を繰り返す事数回。

リコが軽く息を吸って吐き出し、意を決したように話し出す。

「いやぁ、キス、しちゃったな。アタシたち」

「えっ、ええ……」

「ほら、友達同士でキスするとかあるしさ。それの延長みたいなものだし、あまり気にするなよ」

「そ、そうなんですか？」

「ははっ、そうだよ」

なるほど、そういうものなのか。などと思うわけがない。

いくらオタク君が鈍感とはいえ、流石にそれは嘘だと気づく。

だが、それを指摘する勇気があるわけもなく、そうなんですねと言ってリコに釣られたように笑うオタク君。

「お、小田倉がどうしてもって言うなら、またしてやっても良いぞ」

「えっ……」

「ほら、友達同士でする延長みたいなものだしさ。小田倉がして欲しいって言うなら、アタシは別に構わないし」

戸惑い気味のオタク君に対し、リコは茶化すように笑っている。

リコは笑って余裕を見せているつもりなのだろうが、手足をあたふたと動かし、顔を赤くしている。

戸惑ってはいるが冷静なオタク君、リコの行動が明らかに照れ隠しなのを察している。だが、何と言えば良いか分からず狼狽えるばかりである。

「あの、リコさん」

「そ、そうだな。ほら、小田倉しゃがまないと出来ないぞ」

何が「そうだな」か分からないが、リコがこのままキスしようと言っているのは理解出来た。

リコの顔をじっと見るオタク君。

オタク君に見つめられ、思わず目線を外したり、上目遣いになったりともじもじしているリコ。

普段のようなガサツさは感じられない。

思春期のオタク君からしたら、美が付く少女とキス出来るのは千載一遇のチャンスである。

まだ半年ほどの付き合いではあるが、こういう時のリコは「なんちゃって冗談でした」なんて言わない事くらいは分かっている。

分かっているが、もしそう言われたら自分はその恥ずかしさに耐えられるかと、思わず考えてしまう。

（もし冗談だと言われたら、一緒に「そうですよね」と笑えば良いだけだし）

どうやら好奇心が勝ったようだ。

リコの目線までしゃがむオタク君がリコの肩に手をかけようとした瞬間だった。

「ぶぇっくしょん！！！」

少し離れた所から大きなくしゃみが聞こえて来た。

思わず飛び跳ねるように離れる二人。

「エンジン殿、風邪でござるか？」

「花粉症ですぞ。この時期は本当にキツイですな」

「それは大変でござるな。薬あるけどいるでござるか？」

「かたじけないですぞ」

コツコツと、部室に近づいてくる足音と声。

そのまま遠慮なく部室のドアが開けられた。

「おや、小田倉殿と姫野殿、もう来てたでござるか」

「鳴海氏は、今日はお休みですかな？」

「あぁ、優愛さんは家の用事があるってさ」

もはや優愛とリコがいる事が当たり前の光景となってしまった第2文芸部。

なのでオタク君とリコがいる事よりも、優愛がいない事の方が気になったようだ。

おかげでオタク君とリコが二人でいる事を怪しまれる事がなくすんだ。

もし二人で何をしてたか聞かれていたら、ボロを出してしまったかもしれないだろう。

「アタシは顔だけ出して帰るところだったからさ、それじゃあまたな」

そそくさと帰るリコに対し、特に疑問を持たず別れの挨拶(あいさつ)をするチョバムとエンジン。

やや怪しい行動ではあるが、それに気づけるほど二人はリコと親しいわけではない。

「さて、それじゃあ今日は男三人で、オタク会話としゃれこむでござるか」

「そうですな。それじゃあコミフェに出展するサークルをチェックですぞ」

「小田倉殿も欲しい本があれば、遠慮なく言うでござる」

「買って来れるかは別問題ですがな」

「うん。ありがとう。それじゃあ……」

三人はコミフェのカタログを眺めながら、それぞれ何が欲しいかを言い合う。

大手は買うのに時間がかかりすぎる上に、委託があるから同人ショップに行けば買える。それなら出来る限り現地でしか手に入らない物を選ぼう。

しかし、せっかくの現地なのだから、新しいジャンルにも挑戦してみよう。

カタログを見てそんな会話をしているだけで、気が付けば下校時間を知らせるチャイムが鳴っていた。

「今日はお開きの時間ですな」

「帰る前に、ちょっとトイレ行って来る」

「拙者(せっしゃ)も」

「某もついて行きますぞ」

仲良くツレションである。まるで女子のようだ。

無人となった第2文芸部。

そんな第2文芸部の掃除用具入れの扉が、ゆっくりと音もなく開かれる。

「小田倉君とリコさん、キスしたんだ……」

中にいたのは、委員長である。

部室に先回りして掃除用具入れに入り、今度こそ皆を驚かして笑いを取ろうとした委員長。

だが、オタク君とリコの会話を聞いて出るに出られなくなってしまっていたのだ。

蒸気のような汗で火照っているのは、暑さのせいだけではない。

オタク君とリコの様子を見て、委員長はドキドキしていたのである。

ふらふらとおぼつかない足取りで、委員長は部室を後にした。

第3章

「小田倉殿おおおおおおおおお！！！」

「小田倉氏いいいいいいいいい！！！」

放課後。部室に顔を出したオタク君。

ドアを開けるなり、チョバムとエンジンがオタク君の元まで走ってきて抱き着き始めた。

オタク君、モテ期である。

「えええ……」

「お前ら、何やってるの」

暇なのでオタク君に付いて来た優愛とリコはドン引きである。

だが、そんな二人を気にもせず、なおもチョバムとエンジンはオタク君を離そうとしない。

「ちょっ、二人とも落ち着いて、気持ち悪いから離れて！」

「嫌ですぞ。離しませんぞ」

「小田倉殿が『はい』と答えるまでは、絶対に離さないでござる」

「はいはい。ほら分かったから、話を聞くから一旦離れて！」

オタク君の返答に、やや不満そうな顔で離れるチョバムとエンジン。

「それで、なんで急に変な事してきたの？」

「そ、それが実はでござる」

年に二回、夏と冬に有明で行われる国内最大級のオタクイベント、コミックフェス通称コミフェ。

その冬のコミフェに応募をしたら、見事に当選したチョバムとエンジン。

彼らはそのコミフェに向け同人誌を作製していた。

「それなら聞いたよ。『週一ページずつ描けば、十二月の締め切りの二週間以上前には余裕で間に合うでござる』って言ってたじゃん」

「そ、それが……」

「まさか！」

「まだ表紙しか出来てないでござる……」

「ウッソだろ⁉」

八月に描き始めてから、現在は十一月。十二月の締め切りまでの日数は残りわずか。

だというのに同人誌は一ページも出来ていなかったようだ。

週一ページずつ描けば良い、そんな余裕がチョバムとエンジンの気を緩めてしまったのだろう。

夏休みの宿題状態である。最終日になって泣きつかないだけまだマシではあるが。

「どうするんだよ」

まだ日にちがあるとはいえ、ここで「じゃあ週四ページずつやろう」と言ってやるようには思えない。

なんならギリギリになってから、また泣きつかれる事になるだけだろう。

ため息を吐くオタク君に、チョバムがもじもじしながら話しかける。

「それで、でござるが。その、小田倉殿に手伝って欲しいでござる」

「そういう事か。良いよ」

何を言わんとしていたのか大体予想がついていたオタク君。

即ＯＫを出すオタク君。その反応にチョバムとエンジンはやや驚き気味だ。

小言の一つや二つは覚悟していたが、すんなりＯＫを貰えたからである。

「本当でござるか⁉」

「うそついたら針千本ですぞ⁉」

「文化祭の準備は二人に任せっぱなしだったからね。その代わりに同人誌を手伝うよ」

「うおおおお、小田倉氏！」

「小田倉殿、今なら抱かれても良いでござる！」

「だから気持ち悪いから離れてって！」

再度抱き着く二人に対し、本気で嫌がるオタク君。

嫌がるオタク君に、力の限り抱き着くチョバムとエンジン。酷い絵面である。

「あー、邪魔なら私たち帰ろうか？」

「もし良ければ、鳴海氏と姫野氏にも手伝って欲しいですぞ」

「アタシらも？　別に暇だから良いけど、手伝える事なんてあるか？」

「ギャル物を描いているから、ギャルの観点でセリフのチェックをしてもらえるとありがたいでござる」

「余裕があるならペン入れもお願いしたいですぞ」

「へー。面白そうじゃん、やるやる」

オタク君がやるから手伝うつもりの優愛。

対してリコは、同人誌自体に興味があるようだ。

オタク君から借りた本で、同人誌のネタがあったからである。

「それじゃあアタシはペン入れをやるよ。優愛にペン入れをやらせたら大変な事になるだろうしね」

リコに対し抗議の声を上げる優愛だが、実際リコの言う通りだろう。

優愛の不器用さは、オタク君も良く知るところである。

「優愛さんはセリフがギャルっぽいか見てください」

「まぁ、オタク君が言うなら……」

しぶしぶ引き下がる優愛だが、そもそもペン入れというものが何か分かっていない。なので言うほど悔しいわけではない。ただ馬鹿にされたので張り合っただけである。

「それで優愛さんとリコさんの仕事は決まったけど、僕は何をやれば良い？」

「拙者とエンジン殿のタブレットを部室のＰＣと同期させたでござる。タブレットを渡すので、小田倉殿にはペン入れが終わってる分のトーン貼りをお願いするでござる」

「分かった」

早速タブレットでアプリを起動するオタク君。

ペン入れが終わっているコマには、それぞれ数字が書き込まれている。トーンの番号だろう。

「今ある分の下書きをスキャンするから、姫野氏は、タブレットの絵描きアプリでペン入れをお願いするですぞ」

「ん。分かった」

アプリの使い方を軽く説明され、ペン入れを始めるリコ。

思ったよりも丁寧なペン入れに「ほう」と言いながらエンジンが目を細める。

「姫野氏はイラストを描いたりはしているのですか？　ペン入れが見事ですぞ」

「そ、そんな事ないし」

全くよれる事なく、綺麗な細い線を描くリコ。

「ってかペン入れってのはこんな感じで良いのか？」

「そうですな、顔の頬の部分を濃くしてみると味が出ますぞ」

「そうか、ちょっとやってみる」

軽く線の強弱を教えるだけで、ペン入れの技術が上がっていくリコ。

本当はもっと教えたいエンジンだが、このままではすぐに下書きが足りなくなってしまうので、下書きの作業へ戻る事にしたようだ。

オタク君のトーン貼りが終わったら、吹き出しにセリフを入れるのだが、終わるまでまだ時間がある。

その間にスキャンし終わった後の下書きの紙に、あらかじめセリフを書き込んでいくチョバム。

「セリフ『マジ』『ヤバい』『ウケる』が多いんだけど。マジヤバい、ウケる！」

「へ、変でござるか？」

「ううん。こうしてセリフで見るとマジで多いなって思っただけ」

セリフの校正は問題ないようだ。

最初の頃はワイワイと喋りながらやっていたが、気づくと無言になっていた。皆、真剣である。

そのおかげで、原稿は良いペースで進んでいく。

そんな第2文芸部に、魔の手が迫っていた。

「あーあ。ついに七股ばれちゃったなぁ」

ブツブツとトイレで鏡を相手に愚痴をこぼす少女。

横一文字にぱっつんと切った前髪が気になるのか、弄っては直しを繰り返している。

「ったく、しばらく漫研には近づけないし、代わりの場所を探すかな」

言葉とは裏腹に、表情は笑顔だ。

追い出された事自体は、大してショックではないのだろう。

なんなら、やってやったぜと言わんばかりに口角が上がっている。

「運動部は既にマネージャーが幅利かせてるから、オタクの多い文化部よね、やっぱり」

少女の名は毒島メイ。

元は漫画研究部に所属していたのだが、次々と男を誘惑しては浮気を繰り返し、先日ついにそれがバレてしまった。

彼女はいわゆる「オタサーの姫」である。

どうやら前髪は満足がいった毒島。

最後に鏡の前で笑顔を作り、トイレから出る。

「次は隠れオタクが引きこもる第2文芸部、やっちゃおうかな」

腰まで伸びた黒髪を揺らしながら、第2文芸部へ向かって行く。

「こんにちわぁ、あのぅ、入部希望なんですけどぉ。見学させてもらってもぉ、良いですかぁ？」

第2文芸部のドアを開けた毒島。気味が悪いほどのぶりっ子声である。
足を内股にしながらくねくねし、前かがみになり上目遣いでチラチラ見ている。
そんな毒島に対し、チョバムが抑揚（よくよう）のない声で返事をした。
「はい、どーぞでござる」
「ありがとうございまぁす」
部室の中へ入って行く毒島。
一瞬だけ、ニチャァと口元を緩ませる。
（ふぅん、女二人か）
毒島が優愛とリコの姫力を測（はか）る。
姫力とは毒島が独自の判断で数値を決め、高い方が姫として囲われやすい指標である。
（ロリコンが好きそうなチビと、ギャル。これならイケる）
どうやら勝てると踏んだようだ。
もし自分よりも姫力の高い相手がいれば、姫の座を取れないのでいても無駄。
その時はさっさと去るつもりであった。
（男は三人。デブに、ガリノッポに、へぇ……良い体してる奴（やつ）がいるじゃん）
毒島の目が光る。
まずはオタク君にターゲットを絞ったようだ。
ゆっくりとオタク君の元まで近づく。

座ったオタク君の目の高さに合わせるように、前かがみになる。

「私ぃ、二年の毒島メイって言いますぅ。よろしくね」

「えっ。あ、はい。よろしくお願いします」

オタク君、頭を下げつつも目線は毒島の胸元に行っている。

だがそれは毒島の罠である。

（胸元見てるのがバレバレだっつうの。典型的な童貞か）

「私、鳴海優愛って言います。先輩よろしくお願いしますね」

「アタシは姫野瑠璃子。よろしく……お願いします」

オタク君の視線を遮るように、毒島の前に立つ優愛。

優愛の隣で、目から漏れる敵意を隠そうともしないリコ。

そんな二人に対し、あたふたと手を振りながら笑顔で返す毒島。

「先輩だなんてぇ、畏まらなくて良いですよぉ？」

（この人、明らかに胸元見せに行ってる）

（ふぅん、こいつらはこのオタク狙いか）

（小田倉の奴、見すぎだろ）

女の戦いである。

男三人はその様子に気づいていないようだ。

（他人の物と思うと、余計欲しくなるよね）

毒島はオタク君、優愛、リコの順に見てもう一度微笑む。

（漫研追い出されたばかりだから、自重するか。コイツはチョロいからいつでも狩れるだろうし）

どうやらオタク君の事は一旦諦めたようだ。

第2文芸部にしばらく身を置くつもりなのだから、早々に問題を起こすのは悪手と判断したようだ。

オタク君から離れ、今度はエンジンの元へ歩いて行く毒島。

次のターゲットはエンジンに決めたようだ。

「わぁ、すごい！　絵上手！」

毒島、エンジンの左腕に両腕を絡ませ、胸を押し付けていく。

だが効いていないのか、エンジンはいつもの笑みのままである。

「ははっ、某はまだまだですぞ」

「そんな事ないよ。ほら、ここのとか凄い」

右腕はエンジンの左腕をキープしながら、左手でエンジンのイラストを指さす。

対してエンジンは笑顔でお礼を言う程度だ。

（おかしい……コイツ相当ガードが堅いのか？）

エンジンの笑顔に対し、毒島が察する。

これは自分に対してデレた笑顔じゃない、社交辞令を言う時の笑顔だと。

（仕方がない、デブの方に行くか）

自分に興味を持たない人間に労力をかける気がない毒島。

エンジンから離れ、チョバムへ近づいていく。

近づいて来た毒島を気にかける様子もなく、チョバムは下書きに汚い字でセリフを書き込んでいる。

そんなチョバムの両肩に手を置き、毒島はチョバムの顔の真横に、自分の顔を寄せる。

「へぇ、キミはシナリオ担当なんだぁ」

「そうでござる。拙者は絵が描けないでござるからな」

「ふぅん」

チラリとチョバムの横顔を見るが、チョバムは毒島の事など目に入れようともしない。

せめて視界に入れてもらわないと話にならない。

そう思い、毒島はチョバムの前で体を斜めに傾けた。

斜め四十五度の、可愛く見えるポーズだ。

「良いなぁ、私ならこんな事言われたら、好きになっちゃいそう」

「そう言ってもらえると、拙者も書いた甲斐があるでござるよ」

（コイツも効かないだと⁉）

「立ってても辛いでござろう。申し訳ないでござるが今は作業中、なので相手が出来ないでござる」

そう言ってプイッと顔を背け、また作業に入るチョバム。

その後も毒島は椅子に座ってわざと足を組んだりして太ももを見せつけるも、引っかかるのはオタク君だけ。

チョバムとエンジンには効果が見られなかった。

下校を告げるチャイムの音が鳴り響く。

「もうこんな時間か。チョバム、エンジン、続きは明日やろう」

立ち上がり伸びをするオタク君。

優愛たちも同じように体を伸ばし、パキパキと小気味いい音を立てる。

「それなら片づけは拙者たちがやっておくから、小田倉殿たちは先に帰って良いでござるよ」

「ありがとう。じゃあオタク君一緒に帰ろう」

「座りっぱなしで少し疲れたな。小田倉は平気か？」

「ちょっと疲れたかな。それじゃあチョバム、エンジン。また明日」

明らかに毒島を警戒するように、オタク君の手を引く優愛。

オタク君の視線が毒島に行かないようにブロックするリコ。

三人が部屋を出ると、チョバムがおもむろに立ち上がる。

「拙者はちょっと用を足しに行くでござるよ」

初対面の女性がいる前なので、言い方に気を使ったようだ。

「チョバム氏、某も付き合うですぞ」

疲れたと言いながら、軽くストレッチをしつつトイレに向かうチョバムとエンジン。

二人は、わざわざ少し離れた場所にある男子トイレに入って行く。

「あぶねえええええええでござった!!」

「某も！　某もですぞおおおおお!!」

トイレに入るなり、唐突に叫び始めるチョバムとエンジン。

実際のところ、彼らは毒島の誘惑に対し、かなりギリギリだったのだ。

「エンジン殿、拙者を殴るでござる。拙者は毒島殿がオタサーの姫と分かった上で『でも実際は拙者に好意を持ってるんじゃないか？』と思ったでござる!!」

「このバカヤロウが、ですぞぉ!!」

間髪入れずに、エンジンがチョバムを殴る。

チョバム、マジで殴られるとは思っていなかったのか、頬を押さえて驚き気味だ。

「チョバム氏、某を殴れですぞ。某も毒島氏が胸を当てて来た時『小田倉氏に続いて、某の時代が来た！』と思ってしまったですぞ」

「このバカヤロウが、でござる！！！」

先ほどのお礼と言わんばかりに、チョバムがエンジンを殴る。

お互い殴られた頬が真っ赤に腫れている。だというのに笑顔である。

頷き合い、そして熱い抱擁を交わした。

「友よ、ありがとうでござる！」

「友よ、ありがとうですぞ！」


一方その頃。

第2文芸部では、毒島が荒れていた。

チョバムとエンジンにはスルーをされ、キープ出来そうなチョロいオタクは、既に女二人のお手付き状態。

「クッソ、なんでこの私がこんな惨めな目に遭わなきゃいけないのよ！」

相手がイケメンならともかく、冴えないオタク三人相手にこのザマ。

毒島の姫としてのプライドは、ズタズタである。

「ったく、何が同人誌よ。バッカじゃない」

PCの画面を見ると、ギャルがオタクに優しくしている漫画が描いてある。

それを見て、うへぇといった表情をする毒島。

「あっ、そうだ。これ消しちゃお」

良い事思いついたと言わんばかりの表情である。

「この私を無視した罰よ。それで『ごめんなさぁい、わざとじゃないんですぅ』って言ってやるわ」

笑顔でカチカチとPCを操作する毒島。

彼女はまだ気づいていない。音もなく開いた掃除用具入れのドア、そこから這い寄る影に。

「あぁ、そうだ。『お詫びにぃ、私がモデルやりますぅ』って涙目で脱いだら、流石にあいつらも目の色変えるっしょ」

うっへっへっへと、厭らしい笑みを浮かべる毒島。

マウスのカーソルを削除に合わせようとした時、毒島の手を影が摑んだ。

「なにをやっているんですかぁ？」

「えっ？」

毒島が振り返ると、派手なドピンク頭の地雷系女が真後ろに立っていた。

委員長である。

「そんな事したらどうなるか、分かってますよね？」

（訳：もう、小田倉君に言いつけるんだからね！）

「ヒ、ヒィ」

（ヤバいヤバいヤバい、何よコイツ。絶対に危ない奴じゃない）

瞳孔は開き、抑揚のない委員長の声が、毒島の恐怖心を更に煽る。

全身の穴という穴から汗が噴き出す感覚になる毒島。

完全に蛇に睨まれたカエルである。

「脱ぐとか言ってましたけど、そんな事して小田倉君を誘惑するつもりですかぁ？」

（訳：仲良くなりたいのは分かるけど、もっと自分を大切にしよう？）

「ヒィィ、ごめんなさいぃぃぃぃぃぃぃ‼」

身の危険を感じ、ガタガタと上手く動かない体で、もつれながら部室のドアまで何とかたどり着く毒島。

そのままドアを開け、涙目で謝りながら廊下を走って行った。

「……帰ろう」

毒島が開けっぱなしのドアを閉め、委員長は歩いて帰って行った。

実は委員長、皆が来る前にサプライズで驚かそうと、掃除用具入れに入っていたのだ。

しかし、皆が真面目に同人誌の原稿をやっているので、出るタイミングを逃していた。

無人になった第2文芸部に、足音が近づく。

「良いでござるか。もし拙者が誘惑に惑わされそうになったら、迷わず殴るでござるよ」

「分かってるですぞ。某も誘惑に負けそうになっていたら、殴って欲しいですぞ」

チョバムとエンジンである。

部室に戻ると誰もいない事に、安堵（あんど）のため息を吐いた。

「帰ったみたいでござるな」

「とはいえ、次があるですぞ。その時はよろしく頼むですぞ」

彼らの予想に反し、毒島が第2文芸部に近づく事は二度となかった。

こうして委員長の活躍により、人知れず第2文芸部は魔の手から免（まぬが）れた。

ちなみに、オタク君たちの力を借りて同人誌は無事完成した。

閑話「オタク君たちは告白ができない！」

二学期の期末試験も無事終わり、楽しい冬休みが迫ったこの時期。

オタク君は、放課後の第2文芸部でチョバムやエンジンと、真剣に討論をしていた。

「このサークルに行ってから、こっちのサークルに向かうべきでござるよ」

「いやいや、そんな悠長な事を言っていたら、売り切れますぞ？」

「このサークルは遠回りでも先に行かないと、絶対無理でござる」

「いや、このサークルは難しいんじゃないかな、だったら諦めてこっちのサークルに行ってから」

年に二回、夏と冬に有明で行われる国内最大級のオタクイベント、コミックフェス通称コミフェ。そのコミフェでの買い物相談である。

数多のサークルから、自分たちが目的とするものを買うには、どのルートを辿り、どうやって行くかのシミュレーション中である。

大手や人気サークルから頒布、販売される物は大抵行列ができ、すぐに売り切れてしまう。なので、まずは大手や人気サークルに狙いをつけ、並ぶ。

そして、大手や人気サークルで購入後、次の目的の物を買うためにまた別のサークルに並ぶ、基本はこの繰り返しである。

問題は、目的のサークルとサークルが離れた場所にある場合だ。

コミフェは二日間開催で、その来場者数は人口の少ない県に匹敵するほどである。お祭りどころの騒ぎではない。

そんな人がごった返した中で移動するのは、相当の時間を要する。

移動に時間をかけてしまえば、当然目的の物が売り切れる可能性が出てしまう。

なのでオタク君たちは各自目的のサークルで購入後は、それぞれの欲しい物リストを作成し、近くにある分を手当たり次第購入していく作戦を立てている。

だが、どうしてもあちらを立てればこちらが立たずの平行線が発生してしまい、討論になってしまっている。

そんな論争も、やがて休戦を迎える事になる。

「おーっす！」

無遠慮に、勢いよく戸が開かれる。開けたのは優愛である。

第2文芸部のドアをこんな風に開けるのは彼女くらいしかいない。

優愛の隣には、リコもいる。一緒に部室まで来たようだ。

「何の話してたの？　サークルが何とかって聞こえて来たけど」

「特にチョバムの声が廊下まで響いてたぞ。あんまりうるさくすると、他の部から苦情来るぞ」

どうやらオタク君たちはヒートアップするあまり、声を荒らげてしまい、会話が外まで丸聞こえだったようだ。

最近は優愛に慣れて来たチョバムとエンジンだが、それでも「同人誌を買うための予定を立てていた」等とガチオタトークが出来るはずもなく。オタク君も一緒になって「あはは、ちょっとね」と苦笑いで誤魔化すばかりだった。

「この時間に来るなんて珍しいですね」

オタク君、露骨な話題逸らしである。

だが、そんな露骨な話題逸らしに乗る優愛。

オタク君がこういう時は、恥ずかしいから聞かないで欲しい合図だと分かっているようだ。

「うん。教室でだべってて、最近流行りのゲームやってたんだけど、オタク君ともやってみようと思ってさ」

「マジでやる気なのかよ。恥ずかしいからやめとけって」

優愛の提案するゲームとやらを、少し必死に止めようとするリコ。

流行っているゲームとやらに不穏な空気を覚えつつも、話題を変えたいオタク君はあえて乗る事にしたようだ。

「ゲームって、どんなのですか？」

そんなオタク君の問いに、優愛がフッフッフと不敵な笑みを浮かべながら答える。

「ずばり、愛してるゲーム！」

愛してるゲームとは。

お互いに向かい合って椅子に座りながら相手に「愛してる」と伝えるゲームである。

もし目を逸らしたり、照れたりしたら負けになる。

合コンなどでは王様ゲームに並んで定番のゲームの一つである。

「流石にそれはちょっと……」

ゲームの内容自体は知っているオタク君。

だが優愛やリコ相手に「愛してる」などと言うのも恥ずかしければ、言われるのも恥ずかしい。

かと言って、チョバムやエンジン相手に言うのは気持ち悪いだろう。もちろん逆も然りである。

苦笑いを浮かべながら、チョバムとエンジンを見るオタク君。

だが、チョバムとエンジンの反応はオタク君の予想外のものだった。

「ん。良いと思うでござるよ？」

「せっかく鳴海氏が提案してくれたことだし、小田倉氏やってみるですぞ」

オタク君の前に椅子を置き、どうぞどうぞと言わんばかりに、優愛に手を出すチョバムとエンジン。

チョバムとエンジンも、自分の意見に賛成してくれるものだと思っていたオタク君。予想外の反応に「えっ？」と固まってしまう。

（これはチャンスでござる。このゲーム、小田倉殿が勝とうが負けようが交代になるはずでござる）

（もし連戦になっても相手は鳴海氏と姫野(ひめの)氏の二人ですぞ。つまり二回もやれば男面子(メンツ)の交代になるはずですぞ）

（これはオタクに優しいギャルに、「愛してる」と言ってもらえるチャンスでござる！）

（これはオタクに優しいギャルに、「愛してる」と言ってもらえるチャンスですぞ！）

チョバムとエンジンににこやかに迎えられながら、椅子に座る優愛。

「小田倉殿、ちゃんと鳴海殿の目を見るでござる」

「まずは鳴海氏が先行で『愛してる』と言う番ですな」

強制的にゲームの開始である。

見つめ合うオタク君と優愛。オタク君、まだ照れが残ってるようでせわしない感じだ。

（オタク君、なんだかソワソワしてるけど、もしかして私の事意識してくれてるのかな。じゃ、じゃあここで告白したら、もしかしてOKとか言われる可能性もあったりするんじゃね？　それに、もしダメだったとしても、これはゲームだからノーカンだし。うん。だからまずは、告白のお試(ため)し版みたいな？）

必死に頭の中で保身の言い訳をする優愛。

愛してるは本気(ガチ)で言うつもりだったりする。

「オタク君」

「はい」

「あの、あいし、えっと、その、ほら……ね？」

顔を真っ赤(まっか)にしながら「えへへ」と笑って誤魔化そうとする優愛。

見事な恋愛クソザコナメクジっぷりである。

女の子同士でやってる時は上手く行ったので、そのままの勢いで愛してると言える。

そう踏んでいた。

だが結果はこの通り。「愛してる」の途中で恥ずかしくなり、笑って目を逸らしてしまう、敗北者である。

「えっと、僕の勝ち。で良いのかな？」

「そうですな」

オタク君。身構えているだけで勝利である。

とはいえ、表情がコロコロ変わる優愛に対し、大分ギリギリだったりする。

（優愛さんって、やっぱりこうしてみると可愛(かわい)いな）

「次はほら、リコの番だよ。ほら座って座って」

微妙に盛り上がらないゲームの中、恥ずかしさを隠すようにリコの手を掴(つか)んで座らせる優愛。

なんでアタシが、とブツブツ言いながらも、大人しく椅子に座ってオタク君を見つめるリコ。なんだかんだ言いながらノリノリである。

（ったく、何が「愛してるゲーム」だ。その位さっさと言って終わらせてやるよ）

まっすぐオタク君の目を見るリコ。

オタク君も同じようにリコの目を見る。

「小田倉」

「はい」

「その、なんだ。お前って結構良い奴だしさ。優しいところもいっぱい知ってるし、普段から何気なく助けてくれるお前の事さ……」

リコは愛してるゲームの上級技「相手を褒める」を繰り出した。無意識で。

このゲーム、実はただ愛してると言うだけで相手を落とすのは難しい。

そのため、本当に好きと思わせるために相手の良いところを褒めて「もしかして、ガチ告白なのでは？」と思わせる事で相手を照れさせるテクニックが存在する。

だが、リコがこのゲームを知ったのは今日が初めて。

なので、そんなテクニックを知るわけがない。

ただ単に、愛してるとそのまま言うのが恥ずかしいから、前置きを入れたら、勢い余ってガチ告白になってしまったのである。

「アイ、アイ……アッアッイッ」

顔を真っ赤にしながらアイアイを繰り返すリコ。
そう、彼女もまた、恋愛クソザコナメクジであった。
結局「愛してる」と言えず、敗北者である。
（ビックリした。リコさんが本当に告白してくるのかと思った……）
勝者のオタク君。彼は勝てたのではなく、完全に動けなくなっているだけである。
不完全燃焼なゲームだったが、チョバムとエンジンは逆に内心燃えていたりする。
（あんな風に照れてもらえるなら、それだけでも十分でござる‼）
（なんなら向かい合って目を見つめてもらうだけでも十分興奮しますぞ‼）
「優愛さんとリコさんが終わったし、僕が交代する番かな」
「次は私の番」
椅子から立とうとするオタク君だが、両肩に手を置かれ、そのまま座りなおした。
オタク君の両肩に手を置いた人物が、宣言通りに椅子に座った。
ドピンク頭にドリルのようなツインテール。そして地雷系メイクの委員長である。
今日も掃除用具入れに隠れていて、驚かすタイミングを逃したようだ。
（あれ？　いつの間に？）
いや、一応驚かす事には成功しているようだ。彼女が予想した結果ではないが。
委員長と見つめ合うオタク君。
先ほどの優愛やリコと違い、委員長が相手だからか落ち着いた表情である。

「小田倉君」

「はい」

「愛してる」

（訳：私ね、最近ほら、一緒にラノベやアニメの話してて、小田倉君の事良いなとか思ってたりするんだ。キャー言っちゃった）

委員長、見事な「愛してる」である。

表情をピクリとも動かさず、周りに照れを悟られないポーカーフェイス。

対してオタク君は。

「あ、あの。ありがとう、ございます」

ちょっと気持ち悪い顔で照れていた。

相手が慣れ親しんだ委員長といえど、面と向かって女性に愛してると言われて照れないオタク君ではなかった。

「うん」

そんなオタク君に、一瞬だけ委員長が嬉しそうに微笑んだことを、誰も気づかない。

委員長相手にデレデレした表情を見せるオタク君を、優愛とリコが不機嫌そうに見ている。

もしハンカチを持っていれば、二人はさぞ嚙み締めていただろう。

「ほら、オタク君負けたんだから交代！」

「小田倉さっさと退(ど)け。次はチョバムかエンジン、どっちがやるんだ？」

このままオタク君を放っておけば、いつまでもデレデレしているだろう。

優愛とリコがオタク君を椅子から無理やり退かせる。

オタク君がいなくなると、委員長がエンジンとチョバムを見つめる。

「次は、誰？」

「ヒィ！」

先に目が合ってしまったのだろう。

チョバムがカクカクと、壊れたロボットのように動きながら椅子に座る。

見ようによっては、女の子に慣れていない男子が恥ずかしそうにしている様子に見えるかもしれない。

「覚悟は出来てるんでしょうね？」

（訳：準備は出来たかな？）

「は、はいでござる」

冷や汗を大量に流しながら、既(すで)に目を逸らしてしまっているチョバム。

完全に蛇(へび)に睨(にら)まれたカエルである。

キーンコーンカーンコーン。

まるで助け舟を出すかのように、下校を告げるチャイムの音が鳴り響く。

「今日は終わり、かな？」

「そ、そうでござるな！」

「そっか。それじゃまたね」

委員長は椅子から立ち上がると、掃除用具入れからカバンを取り出し、そのまま第2文芸部の部室を出て行く。

苦手な委員長が去り、安堵からほっと一息吐くチョバムとエンジン。

「今日はお開きにするでござるね」

「そうですな」

そうだねと言って、各自帰りの支度をして部室を出て行った。

今回の件で、誰もが思った。

（もう愛してるゲームはやらないようにしよう）

口に出したわけではないが、五人の心は一つになっていた。

いや、委員長も入れて六人である。

（小田倉君以外の人に、好きとか愛してるって言うのはなんか嫌かも）

帰りの下駄箱で、そんなモヤモヤした気持ちと、オタク君に愛してると言った時のドキドキを胸に、委員長は帰宅していった。

第4章

「ここが……戦場か」
「そうでござる」
「某、ワクワクしてきましたぞ」

十二月も、もう終わりに差し掛かった二十九日。

オタク君はチョバム、エンジンと共に早朝の有明にいた。

彼らの目的は、そう。冬コミフェである。

長い歴史を持つコミフェ。

昨今ではダウンロード販売や通販、なんなら同人ショップに行けばいくらでも地元で手に入れる事が出来る。

だが、それでもわざわざ遠方である有明まで足を運んでしまう。それがオタクの性というもの。

オタクに生まれたからには、誰もが一度は足を踏み入れたいと思うオタクの聖地である。

オタク君たちは今日の日のために近場で宿を取り、早朝の電車に乗って来た。

時刻は朝の六時過ぎ、空はまだ薄暗く、開場までまだ三時間以上もある。

だというのに、会場に向かって既に長蛇の列が出来始めている。

「すごい。もう待機列の最後方が見えないよ」

「小田倉殿、今からそんなに興奮していては、身が持たないでござるよ」

「そうですぞ。一旦オチケツですぞ」

コミフェに初参加で、やや興奮気味のオタク君を宥めるチョバムとエンジン。

まるで歴戦の戦士のように落ち着き払っているが、彼らもまた初参加である。

しかも初参加で、サークル参加である。

一見冷静そうに見えるチョバムとエンジンだが、チョバムは真冬の有明だというのに汗をかき、エンジンはインナーのシャツが裏表逆である。

オタク君を弄って必死に平常心を保っているだけで、内心では気が気でない。

「そういえば、二人は同人誌何部刷ったの？」

「百部でござるよ」

「えっ、百⁉」

思わず声を上げるオタク君。

周りに迷惑ではあるが、オタク君が声を上げてしまうのも仕方がないというものだ。

サークル初参加でいきなり百部も用意してきたのだ。強気すぎると言わざるを得ない。

普通ならお隣になったサークルに一部ずつ、お世話になった人に一部ずつ配り、現地で十部でも売れれば御の字というレベルである。

初参加弱小サークルなら三十部でも余る可能性がある。それが三倍以上の百部である。

驚き声を上げるオタク君に対し、エンジンが余裕の笑みを浮かべる。

「なんで百部も刷っちゃったのさ」

「ふっふっふ、小田倉氏。大丈夫ですぞ」

ジャンと言いながら、エンジンが取り出したのはスマホである。

スマホの画面には『第2文芸部』と書かれたSNSのアカウントがある。

『コミフェ初参加なのですが、何部刷れば良いでしょうか？』

１０部　　８％

５０部　　１２％

１００部　　５５％

１０００部　　２５％

４２０票

あんぐりと口を開けるオタク君に対し、エンジンとチョバムはどこか誇らしげにしている。

彼らの会話が聞こえていた周りの人たちも、声に出さないが心の中で「あー……」と悲しげな声を出している。

もし普段の冷静なチョバムとエンジンなら、票の大半がふざけて入れたものだと気づいただろう。

だが、初めて自分たちの手で同人誌を作り上げた彼らは、客観的に自分たちを見る事が出来なくなっていた。

もしかしたら、自分たちは凄い物を作り上げてしまったのではないだろうか。

このまま注目を浴びて、一気に人気者の階段を上がれるのではないだろうか。

なんなら、このままプロから声がかかるのではないだろうか。

そんなサクセスストーリーを夢見て、彼らは勇み足を踏んでしまったのだ。

ガクリと項垂れるオタク君。先ほどまでの興奮はどこへやら。

明らかにテンションがダダ下がりである。

自分の事ではないとはいえ、大事な友人たちのやらかしを現在進行形で見せられているのだから仕方がない。

オタク君のテンションが下がった事に気づかず、同人誌が売れたらそのお金でどうするかを相談するエンジンとチョバムが、周りからは酷く滑稽に見える。

だが、それもまた、同人誌即売会、ひいてはコミフェの醍醐味であろう。

「そろそろ拙者たちはサークル設営に行って来るでござるよ」

「小田倉氏はアーリー組ですな。某たちへのお土産期待して待ってるですぞ」

　エンジンとチョバムが今にもスキップしそうな軽い足取りで、先行入場していく。

　そんな彼らを、オタク君も、周りの人たちも一緒に温かい目で見送った。彼らに祝福がありますようにと祈りを込めて。

　チョバムとエンジンがいなくなり、ぼっちになったオタク君。

「寒いな」

　厚着をして、中にはカイロをこれでもかと仕込んではいるが、それでも十二月の有明の風は体に沁みるようだ。

　孤独からか、余計に寒さを感じてしまうオタク君。

　スマホを取り出し、いつものソシャゲーを始める。周りもスマホ片手に似たような感じである。

　ゲームを起動すると、普段一緒にやっているメンバーがログインしているのが見えた。

『相方。コミフェの時間まで暇っすよね？　パーティクエストに行かないっすか⁉』

　オタク君がコミフェに行く事を事前に聞いていたゲーム内のフレンドが、開場まで暇しているだろうと思いわざわざログインしてくれていたのだ。

『うん。行きたい！』

　普段は時間が取れず、中々参加出来ない長時間クエストを仲間たちと共に次々とクリアしていく。

寒さは相変わらずではあるが、孤独は紛らわす事が出来たようだ。

遠くからチャイム音と共に、アナウンスの声が響く。

クエストに集中していたオタク君。気が付けば九時を回っていた。

『そろそろ入場列の整理が始まるから、ここで落ちますね』

『相方ファイトっす！』

しばらくすると、コミフェ開幕の挨拶とともに拍手の音が鳴り響く。

もはや拍手の音で、アナウンスが何を言っているか聞き取れないほどである。

何を言っているか聞き取れないが、周りに合わせて拍手をするオタク君。

しばらくして列が動き出したので、オタク君はスマホをポケットに入れた。

冬コミフェの開始である。

アーリーチケットにより、快適にコミフェ会場の中へ入れたオタク君。

事前にコミフェの事を調べていたが、大抵は愚痴ばかりだった。

曰く。

「臭い」

「狭い」

「動きにくい」

愚痴は、大抵がこれに収まる内容だ。

なので、気を引き締めて挑んだオタク君だが、思ったよりもスカスカな室内に肩透かしを食らったようだ。今は昔と違い、アーリーチケットによる先行入場があるので。

オタク君はお目当ての人気サークルの列に並び、意外にもすんなり購入ができた。

チョバムとエンジンに頼まれた人気サークルの同人誌も買えて、ルンルン気分である。

五件目のサークルを回ろう、そう思った時だった。

オタク君は、コミフェの本当の姿を知ることになる。

「うわっ、なんだこれ」

一気に人が雪崩れ込んで来たのだ。

アーリー組が終わり、一般入場組が入って来たからである。

例えるなら、それは人間で出来た濁流である。

スタッフが「走らないで下さい」と拡声器を持って叫んでいるが、先頭に走る者がいればついて行ってしまうのが人間心理。

列からはぐれない様に必死に避けるオタク君。目の前を一般入場組が駆け抜けていく。

その濁流は終わることなく続いている。人間が七分で隙間が三分である。

五件目までは無事に買えたオタク君だが、そこからは地獄であった。

身動きすらまともに取れず、ようやく到着して列に並べば売り切れと言われる。

目的のサークルの目の前までたどり着いたと思ったら、隣のサークルの列でしたという事もあるくらいだ。

こうなってしまっては、歴戦の戦士ですらどうしようもない状況だ。ましてやオタク君は初参加。どうにか出来るわけもなく、その後はなんとか数件回れたくらいである。

「ごめん。お待たせ」

チョバムとエンジンのサークルに着いたのは、十二時過ぎであった。

「人混みに流されたのでござろう。この状況を見てれば分かるでござるよ」

「仕方がないですぞ」

とりあえず、邪魔にならないようにサークルのスペースに入るオタク君。

色々と疲れはしたが、それでも目的の同人誌がいくつも買えたのでオタク君は高揚気味である。

手に入った戦利品を取り出し、チョバムとエンジンの分を振り分けていく。

その中には、一般入場では入手が絶望的な物がいくつかあり、大手柄である。

普通のオタクであれば、ここで同人誌を高らかに掲げ興奮するところである。

だが、チョバムとエンジンのテンションは低い。

がっくりと項垂れて、オタク君の話にも相槌を打つ程度である。

「さっきから暗いけど、二人ともどうしたの？」

とはいえ、オタク君も何となく理由は察していた。

売れ行きが悪いのだろう。同人誌の。

何部売れたか聞きたいが、怖くて聞けないので遠回しに「どうしたの？」なんて言っているのである。

「同人誌が……全然売れないでござる」

「今のところ、売れたのは二部ですぞ……」

ちなみにお隣さんのスペースに渡した分を合わせず、売れたのが二部である。

初参加、しかも非エロで二部売れたのならば十分とも言える。

どれだけのサークルが夢を見て、販売実績0部の現実に涙を呑んだ事か。

だが、そんな現実を、彼らは知らない。

オタク君に売れ行きを話した後に、大きなため息を吐く、チョバムとエンジン。

ただでさえ売れていないというのに、暗い顔をしていては人も寄り付かないというものだ。

お隣のサークルも、オタク君たちのダンボール箱に入った同人誌の山を見て「あちゃー」といわんばかりに苦笑している。

「サークルは僕が見ておくから、二人は気分転換に行ってきなよ」

せっかくのコミフェ、このまま腐っていても仕方がない。

刷った同人誌については、もうどうしようもないのだ。

なので、せめてコミフェを少しでも楽しんできて欲しいと、オタク君なりに気を使っている。

「そうでござるな」

「某も欲しい同人誌があったのを思い出しましたぞ。ちょっと買いに行くですぞ」

「拙者、エッチな同人誌買って来るでござる！」

「チョバム氏、某の分も！」

「あっ、僕の分もお願い！」

少しわざとらしくはあるが、無理やりにテンションを上げる三人。

ヨシと一息入れて、チョバムとエンジンは立ち上がる。

「それでは小田倉殿、留守番お願いするでござるよ」

「後は任せたですぞ！」

軽く伸びをしてから、サークルスペースを出て行く二人。

オタク君は彼らを見送ると、お隣と軽く挨拶を交わした。

「いやぁ、大変ですね」

「初参加で浮かれちゃって」

挨拶の話題は、やはり刷りすぎた同人誌の話である。

オタク君の話を聞いて「そうそう、俺たちも昔同じ事やらかしたわ」等と盛り上がっている。

「うちなんて昔三百部刷って、売り上げ0だったよ」

反対側のサークル主が、俺も俺もと、会話に参加する。

「三百ってヤバくないですか⁉」

「友人三人とダンボール三つに分けて持ち帰ったよ。周りの視線がめちゃくちゃ痛かったって」

誰もが通る道のりだ。彼らはそう励まそうとしているのだろう。

チョバムとエンジンに言ってあげるべきではあるが、彼らの凹みようを見て声がかけづらかったのだろう。

やっと話が出来る相手が来たといわんばかりに、オタク君にサークルの過去の失敗談を話すお隣さんたち。

どちらのサークルも、メンバー含めてオタク君より見た感じ一回り以上年上だ。

オタク君たちの事は、彼らがコミフェ後の打ち上げをする際に、さぞかし酒の肴にされる事だろう。

「それと、売りたいなら声をかけて行かないと厳しいぜ、こうやってな」

そう言って、オタク君の右隣のサークルの人が声を上げる。

「サークル『メスガキ兄貴』の新刊です。良かったら見て行ってください！」

それを見て、左隣のサークルも負けじと声を上げた。

「多分健全なおねショタ本です。見るだけでも良いのでいかがですか！」

何人かは振り向いて頒布物をチラ見していく。そしてたまにふらふらと人が寄ってきてはサンプルを手にしたりする。声かけの効果はあったようだ。

こんな感じだぜと言わんばかりに、オタク君を見る両サークル主。

「サークル『第2文芸部』の新刊、『オタク君に優しいギャル』です。良かったら見て行ってください」

まだ恥じらいが残るのか、声が小さいオタク君。

それでも声を出せたことに満足気だ。

他のサークルが呼びかけをするのに合わせ、段々とオタク君の声も大きくなっていく。

たとえ人が来ないにしても、お祭りの掛け声のような、気持ちよさがあった。

何人かが、オタク君のサークルに来てサンプルを読んでいく。

「すみません。一部良いですか？」

「えっ、あ、はい！」

オタク君、呼びかけにより一部売れたようだ。

「ありがとうございました！」

自分が作ったわけではないが、手伝った同人誌が目の前で売れた。

その事実が、オタク君はとても嬉しかった。

嬉しさでテンションが上がり、呼びかけの声も大きくなる。

「サークル『第2文芸部』の新刊、『オタク君に優しいギャル』です。良かったら見て行ってください」

通りかかった女性が、オタク君の声に反応し振り向いた。

「あっ、オタク君見つけた！」

「えっ、優愛（ゆあ）さん何でここに⁉」

何故（なぜ）かコミフェ会場に、優愛がいた。

コミフェ会場で優愛に出会ったオタク君。

いくらなんでも、ギャルがコミフェ会場をうろついているはずがない。

そう思うオタク君だが、目の前には優愛がいる。

「なんかすごいね。皆お店開いてお祭りの会場みたいじゃん」

「そ、そうですね」

お店、というのはサークルの事だろう。

オタク君のサークルの前に立ち、優愛はキョロキョロしながら辺りを見回す。

どうやらコミフェというものを分かっていないようだ。

「優愛さん、どうしてここに？」

たまたま通りかかったらコミフェ会場でした。なんてわけがない。

いや、もしかしたらたまたま東京ビッグサイトを見たくて来たら、コミフェだった可能性がないわけではないが。

なんにせよ、優愛がこの場にいるのは不自然である。

オタク君の何故の問いに、優愛が笑顔で答える。

「うん。ここに来ればオタク君に会えるかなと思って」

笑顔である。純粋な笑顔である。

キミに会いたくてここまで来たとギャルに言われて、嬉しくない男子がいるだろうか？

否！

優愛のオタク君という言葉に反応した人たちが、思わず立ち止まり二人の会話を見守る。

目の前には、都市伝説のような「オタクに優しいギャル」が存在するのだから見てしまうのは仕方がないというものだ。

コスプレしているわけではない。なんなら普段着の優愛。

オタク君にコーデしてもらったコートを羽織り、厚着をしてはいるがスカートは丈が短い。

軽くではあるが化粧をして、明るく陽キャな雰囲気がにじみ出ている。

そう、今の優愛は、誰がどう見てもギャルである。

普段からギャルであるが、この場では更にギャル度が上がっている。

もはやギャルのコスプレと言っても過言ではない！

「ほら、最近チョバム君やエンジン君とコミフェがーって話してたじゃん？」

「えっ、それで会えるか分からないのに東京まで来たんですか⁉」

「東京には、お父さんとお母さんが仕事で出張だったから付いて来ただけだよ」

どうやら両親の出張に付いて来ただけなので遠征費は無料のようだ。

だが、それでもこれだけだだっ広い会場と人混みの中探し回ったのなら相当だ。

（えへへ、本当にオタク君に会えた）

恋する乙女は無敵という事なのだろう。きっと。

「ねぇねぇ、これって一緒に作った本じゃない？　読んでも良い？」

「あっ、はい。どうぞ。そこにいると通行の邪魔になっちゃうかもしれないんで、中に入ります？」

「良いの⁉　それじゃあ、お邪魔しまーす」

スッとサークルスペースに入り、机の上に置かれた見本誌を手に取る優愛。

「うわっ、凄い。マジで本になってる！」

興奮しながら自分たちで作った同人誌を読む優愛。

ここは私がセリフ考えたんだよと、指さしながらオタク君に自慢したりしている。

完全に二人だけの世界である。声をかけづらい雰囲気で売り上げが下がるまである。

しかし、この広いコミフェ会場、これだけの参加人数がいればそんな雰囲気でも気にしない猛者もいる。

「すみません、一部良いですか？」

オタク君と優愛のイチャイチャに動じる事なく、購入していく名もなき猛者。

「あ、はい。ありがとうございます！」

オタク君はお金を受け取ると、同人誌を手渡す。

そのまま受け取り去ろうとする名もなき猛者に、優愛が声をかけた。

「あのっ！」

「……あっ、はい？」

「これ、セリフ私も頑張って考えたから、良かったら読んで、ください」

良かったらも何も、読むために買ったのである。

自分が手伝った同人誌が売れた事で、ちょっとテンションが上がり、ついそんな風に声をかけてしまった優愛。少しだけ恥ずかしそうに、微笑んだ。

「あっ、はい。面白かったらＳＮＳで呟きますね！」

「ホント⁉　ありがとー‼」

名もなき猛者は、一撃で落とされたようだ。

先ほどまで真剣な顔で、次の同人誌を狙っていたというのに、優愛の笑顔でそんな考えが吹き飛んでしまったようだ。

完全に鼻の下が伸びている。なんなら惚れたかもしれない。ちょろい猛者である。

「聞いた⁉　オタク君！」

「はい。ありがとうございます」

しかし、優愛の好意の目が誰に向いてるのかは一目瞭然である。

そんな名もなき猛者が声をかけたおかげか、好奇心でオタク君たちを見ていた人たち

が次々とスペースに足を運ぶ。

人が増えれば、興味を持つ人も増える。

興味を持てばとりあえず見に来る。

そして見に来る人が増えれば、また興味を持つ人が増える連鎖(れんさ)により、少しだけ賑(にぎ)わい始めたオタク君のスペース。

しばらくして戻って来たチョバムとエンジン。

賑わいに驚きながらも、サークルスペースに戻り手伝いを始める。

「小田倉殿、これはどういう事でござるか⁉」

「鳴海(なるみ)氏が何故ここに⁉」

経緯を聞き、納得といった様子でガハハと笑うエンジン。

チョバムもそうでござったかと言いながら笑顔を取り戻していた。

どうやら二人はコミフェ会場をブラブラした事で、気分が回復したようだ。

「これで、鳴海氏の両親の出張先がコミフェだったりしたら面白いですぞ」

「そんなわけないだろ」

「そうでござるよ」

それはフラグである。

「あっ……」

誰かと目が合い、思わず声が漏れる優愛。

人混みをかき分けるように、男女がオタク君たちのサークルの前までやって来た。

「優愛、東京見学に行ったんじゃなかったのか？」

「もしかして、その子がいつも話してる、お友達のオタク君？」

「あの優愛さん、こちらの方は？」

突然話しかけて来た男女に戸惑うオタク君。

優愛がちょっとだけ気まずそうな顔をしている。

「えっと、その……お父さんとお母さん」

「あぁ、失礼。優愛の父です」

「いつも娘がお世話になっております」

そう言って優愛の両親は一度頭を下げた後、オタク君たちに名刺を手渡した。

優愛の両親登場に驚くオタク君たちだが、名刺を見て更に驚く。

「S社のプロデューサー⁉」

有名な会社のお偉いさんである。

今回はコミフェで企業出展するにあたり、優愛の両親は出張でコミフェに来ていたようだ。

「優愛、もしかしてサークルの売り子をするために来たのか？」

「売り、売り子？」

父親の言葉に「？」マークを浮かべる優愛。

そして、顔を真っ赤にして眉を吊り上げた。

その様子を見ていた優愛の母が、すかさずフォローを入れる。

「優愛、売り子って言うのは、同人誌を売る……そうね、レジ係のようなものよ」

「えっ……あぁ、うん。知ってる。売り子ね」

どうやら優愛は「売り子」が何か、分かっていなかったようだ。

「ウリ」という単語だけで、違う意味と勘違いしてキレかけていたのである。

何と勘違いしたかは、本人の名誉のために言わないでおこう。

「それで、売り子をするために来たのか？」

「ううん。オタク君たちがコミフェって所に行くって話してたから、見に来ただけだよ」

周りで「おお！」と小さなざわめきが起きた。

売り子の意味も分からなければ、コミフェも分からない。だというのにオタク君なる人物にギャルが会いに来たのだ。

本物のオタクに優しいギャルである。

「そうか……ここで立ち話をするのは邪魔になるな。オタク君、少し話がしたいのだが宜しいだろうか？」

「娘がいつもお世話になってるからお話したかったの。ダメかしら？」

「えっと、はい……」

少し堅い感じのする優愛の父と、左手を頬に当てニッコリと微笑む優愛の母。

オタク君ビビリまくりである。

娘がお世話になっているから話したいと突然両親に言われたら、そうなるのは仕方がない。

焦るオタク君の様子を見て、優愛が口を挟んだ。

「ちょっと、オタク君が怖がってるじゃん」

「あっ……すまない、変な意味ではないんだ。普段優愛がお世話になっているだろう。それにハロウィンの件も、ちゃんとお礼を言いたいと思ったのだが……」

娘に叱られオロオロする父親。

二人のやり取りを見て、オタク君の心の中で少しだけつっかえていた物が取れた。

優愛さんの両親はいつも家にいないけど、優愛さんの事をどう思っているのだろうか。

もしかしたら、家族の仲が上手くいっていないのではないかと心配していたオタク君。

どうやらそれは杞憂だったようだ。

なおもプンスカと怒る優愛に対し、弱った感じで妻に助けを求めるが、笑顔でスルーされてしどろもどろになっている優愛の父がいた。

滑稽ではあるが、そんな姿をお互い見せられるくらい十分な家族の絆があるのだろうとオタク君は感じた。

「優愛さん、僕は大丈夫ですから。ちょっとお話してきて良いですか？」

「私もついて行こうか？」

優愛は心配そうにオタク君を見るが、大丈夫だと首を振るオタク君。

それでもと食い下がろうとする優愛に、優愛の母が声をかける。

「優愛、売り子がいなくなったら同人誌の売り上げが落ちるわよ」

「そうなの？」

「そうよ」

母の言葉に難しい顔をして、少しだけ悩む優愛。

「分かった」

オタク君に変な事をしたら承知しないからと、父親に釘を刺し納得したようだ。

サークルスペースから出て、優愛の両親と共に屋外まで来たオタク君。

邪魔にならない場所を見つけたようだ。

立ち止まると、優愛の両親が頭を下げた。

「オタク君。普段優愛がお世話になっているようで、本当に感謝している」

「いえいえ、こちらこそお世話になっております」

オタク君もペコペコし始め、その様子に優愛の両親がクスッと笑う。

「改めて初めまして。優愛の父です。いつも娘がオタク君と呼んでるから、つい私たちもオタク君と呼んでしまっていたね。すまない」

「いえ、こちらこそ初めまして、小田倉浩一と申します。優愛さんとはクラスメイトでいつもお世話になっています。僕の事はオタク君で全然構わないので」

少し身構えていたオタク君だが、場の空気が和んだのを感じたようで自然体になっている。

優愛の母がまるで世間話をするような口調で話し始める。

「優愛ったら、困った事があったら私たちじゃなく、オタク君にすぐ頼るから迷惑してなかったかしら？」

「そんな事ありませんよ。僕も困った時に優愛さんに助けてもらっていますし」

「そう言ってもらえると助かるわ。恥ずかしい話、親としてどう接すれば良いか分からない時もあるの」

「あぁ、出張やらで家にいない事が多くて、あの子には迷惑をかけてばかりだからな」

「優愛ったら、私たちがいない間に変な事したりしてないかしら？　ちゃんとご飯食べてるかいつも不安なの。前も体調を崩した時に、オタク君にお世話になったと聞いたし」

どうやら本当にただの世間話だったようだ。

仲が良いといえど男と女。家族がいない間に家に入り込んでいる事を咎められるかと思っていたオタク君。

だが、優愛の両親からそのような事を言われる事は一切なかった。優愛が釘を刺したからか、それとも初めから言うつもりがなかったのか。

普段の優愛の様子を聞かれ、後はお世話になっているお礼を言われただけである。

しばらくして、優愛の父が時計を見た。

「本当はもう少しオタク君と話をしたかったのだけれど、そろそろ戻らないといけない時間だ」

「そうですね。あなた、優愛と少し話をして戻りましょうか」

第2文芸部のサークルスペースに戻って来たオタク君と優愛の両親。

「これは、どういう事⁉」

ほんの一時間ほどの間で、オタク君たちのスペースは大変な事になっていた。

列の整備をするエンジン、次々と同人誌を手渡す優愛、レジ係となったチョバム。

第2文芸部のサークルスペースには、列が出来ていた。

「申し訳ない、ここで売り切れですぞ」

エンジンが最後尾看板を渡すと、最後尾看板を持った人から後ろの人たちが散っていく。

とはいえそれでも列の人数が多い。戻って来たオタク君と優愛の両親が手伝い、何とか捌(さば)ききることが出来たようだ。

「まさかの完売でござる……」

チョバムが震え声で言う。

何故ここまで急に売れたのか？

それは、優愛の両親が名刺を渡したのが一番の原因だったりする。

大手S社のプロデューサーが名刺を渡し、しかもその中の少年を呼び出して話がしたいと席を外した。

その様子を見ていた一部の人が、ＳＮＳにこう書き込んだのだ。

『大手Ｓ社、新人を引き抜きか⁉』

その様子はバッチリ撮られていたようで、そのツイートが拡散され、興味を持った人たちが押し寄せたようだ。

その際に、たまたま人だかりが出来ていたタイミングだったため、一気に行列ができ、行列が出来ているのだから噂は本当なのだろうと思った人たちが買って行ったのだ。

だだっ広いコミフェ会場で、偶然オタク君と優愛が出会い、偶然優愛の両親が通りがかり、偶然それがＳＮＳで拡散された。

いくつもの幸運が重なり合い、オタク君たちは初参加で百部完売という偉業を成し遂げる結果になった。

「私たちは戻るけど、優愛、あなたはどうする？」

「んー、今日は適当にホテルに戻るけど。オタク君は明日帰るんだっけ？」

「はい。チョバムとエンジンは二日間通しだけど、僕は今日だけなので」

「じゃあ、明日帰るまで一緒に東京見学しようよ！」

「そんな時間は、ちょっとないかな……」

オタク君は節約のために青春18切符なので、片道だけでも乗り換えをしながら数時間かかる。なので、東京見学は厳しいだろう。

「優愛、このまま父さんたちと残っていくか？　もし明日東京見学してから家に帰ると言うなら、オタク君の分も新幹線のチケットを取るが」

「えっ、良いの⁉」

「あぁ、お前一人では不安だったからな。もしオタク君さえ良ければだが」

「いえ、そんな……」

この時期の新幹線は相当な金額になる。

流石に申し訳ないと遠慮するオタク君に、優愛の母がニッコリと微笑みかける。

「年頃の娘一人を東京見学させて、夜歩きさせるのは不安なのよねぇ」

それなら、オタク君と一緒にすれば年頃の男女でもっと不安になるはずだが。

チラチラと優愛の母に見られ、オタク君が折れたようだ。

「えっと、僕で良ければお願いしても宜しいでしょうか？」

「そう言ってもらえると助かる」

「やったー‼」

無邪気に両手を上げて喜ぶ優愛。

「あっ、そうだ」

優愛が一冊の同人誌を取り出す。オタク君たちと一緒に作った同人誌『オタク君に優しいギャル』である。

身内用に何冊か残しておいたものだ。

「これ、セリフ私も一緒に考えたの」

そう言って両親に差し出した。

「もらって、良いのか？」

「うん」

「そうか……後で読む」

優愛の父が、優愛から同人誌を受け取る。

最後にもう一度オタク君に頭を下げて、優愛の両親は自分たちの仕事へ戻って行った。


「さてと、撤収準備をするでござるか」

「といっても、完売だからダンボール一枚と、持ってきた荷物しかないですぞ」

オタク君たちのサークルの撤収準備はほぼすんでいた。

そして、両隣のサークルも同じく撤収準備がすんでいるようだ。

「キミたちの人気のおこぼれで、こっちも完売することが出来たよ」

閉幕時間が近いのもあり、他のサークルをあまり見る時間がないと踏んだ参加者が、オタク君たちの両隣のサークルを物色していった。

結果、お隣さんたちもそれなりに繁盛し、完売出来たようだ。良い事である。

「色々と良いものを見せてもらったよ。ありがとう」

初参加無名サークルがいきなり百部完売し、オタクに優しいギャルまで出て来たのだ。

オタクの夢を見られたと言っても過言ではないだろう。

最後にSNSのフォローをした後に、両隣のサークルは撤収していった。

何度も参加しているだけあって、手際が良い。

対してオタク君たちはというと。

「チョバム氏、これは某に買って来てくれた本ですかな？」

「それは小田倉殿のでござるよ。あっ、お釣りあるでござるか？」

「チョバム、僕そんなの頼んでいないよ」

「じゃあエンジン殿にパスでござる」

「思わぬ収穫に、某感動ですぞ」

撤収準備はすんだものの、お互いの戦利品交換でグダグダしていた。

というのも、チョバムとエンジンは二日間通しのため、同じ宿の部屋を取ったが、オタク君は一日目のみ参戦なので違う宿を取っているのだ。

なので今の内に交換をしておかないといけないのである。

地元に帰ってからいくらでも交換は出来るが、早く手にしたいというオタクの性をお互い理解しているので、グダグダしながらも今交換している。

その様子を見ていた優愛に、オタク君が声をかけた。

自分たちばかりが盛り上がっていて、申し訳ない気分になったからである。

「そう言えば、この後打ち上げしますけど、優愛さんも来ます？」

「あー、ごめん。親がディナーの予約入れてるんだ。オタク君たちだけで楽しんできて」

「そうですか」

「代わりに、明日東京見学を楽しもう！」

「はい。どこか行きたい所とかあります？」

「いっぱいある！　後でメールするね！」

後でメールすると言いながら、どこに行きたいと次々と提案する優愛。

どこに行こうかスマホで調べている優愛が、唐突に「あっ」と小さい声を上げた。

「お父さんたちも終わったから帰るって言ってるから、そっち行って来るね」

「はい、それじゃあまた明日」

「鳴海氏、今日は助かったですぞ」

「そうだ。鳴海殿、これは本日のバイト代のようなものでござるが、受け取って欲しいでござる」

チョバムが封筒を優愛に手渡す、中を見ると五千円が入っていた。

「ちょっと、こんなに受け取れないよ」

「同人誌を作る手伝いをしてくれた分も入っていますぞ。鳴海氏だけじゃなく、小田倉氏と姫野氏にも支払う金額だから受け取って欲しいですぞ」

「受け取ってもらえないと、ただ働きさせたクソサークルというレッテルを貼られる場合もあるから、受け取ってもらえると助かるでござる」

チョバムの発言は嘘である。

素直に受け取って貰えないだろうから、コミケ知識のない優愛に付け込んだようだ。

「そうなの？」

「はい、そうですよ」

オタク君もチョバムの考えをくみ取り、流れるように嘘をついた。

「そっか……わかった。ありがたく貰っとくね」

受け取らない方が迷惑をかける。なので素直に受け取る事にしたようだ。

実際に学生にとって五千円は大きい。気兼ねなく受け取れるなら、それに越したことはないだろう。

「またね」

そう言って、手を振って優愛は去って行った。

「良かったの？」

「良いでござるよ。はい、こっちは小田倉殿と姫野殿の分でござる」

「ついでに、手伝ってくれた同人誌ですぞ。一人一部ずつですぞ」

「えっ、僕は良いよ。サークル運営で相当お金かかってるだろ？」

両手を振っていらないよアピールをするオタク君。

コミフェのサークル参加費は八千円、その他にもお金を取られ一万円近くかかる。

それに加え同人誌の印刷料金、配送費を考えれば合計で三万円以上はかかっている。

一部五百円、何冊かは身内やお隣と交換に使ったので実売数は九十部ほどだ。

オタク君、優愛、リコにお礼として五千円ずつ支払えば赤字である。

優愛やリコならその辺りの事情に疎いので受け取ってもらえるだろうが、知識のあるオタク君は流石に受け取りを拒否した。

「何を言うでござる。小田倉殿のおかげで完売できた事くらい知ってるでござるよ」

「鳴海氏や姫野氏が手伝ってくれたのも小田倉氏のおかげですぞ。某たちは十分すぎる名誉を貰ったから、ちょっとの赤字なんて気にならないですぞ」

エンジンがスマホの画面を開くと、そこには第2文芸部の同人誌の感想の書き込みが何件かあった。

初参加で百部完売し、有名な大手S社から名刺を渡されるなどで、既に一部では第2文芸部が話題になっているようだ。

「あのままだったら在庫を抱えて大赤字だったでござるな」

「そうですぞ。それに小田倉氏の手伝いがなければサークル参加費だけ支払って同人誌を落としてた所ですな」

だから、受け取って欲しい。

そんな二人の情熱に押され、オタク君はため息を吐いた。

「分かったよ。その代わり新刊出す時は、また手伝うからな」

「その時は是非お願いするですぞ」

リコの分も合わせた封筒と同人誌を笑顔で渡すチョバム。

それを笑顔で受け取るオタク君。

彼らのコミフェ初参加は、最高の形で幕を閉じた。


「おお！ すっげー、オタク君、めっちゃ高くね⁉」

「そうですね。そろそろ戻りませんか？」

「なになに？ オタク君ビビってる感じ？」

「はい。めちゃくちゃビビってます」

コミフェ二日目。

オタク君と優愛はコミフェに参加せず、東京を観光していた。

彼らが今いるのはスカイツリーのフロア340。

ガラス張りで、高さ340メートルから足元が見えるガラス床と言われる場所にオタク君と優愛はいた。

ビビってますと言いながらも、平気な顔でガラス床の上を歩くオタク君。

対して優愛は、生まれたての小鹿(こじか)のように足をガクガクさせながら歩いている。右手はオタク君の服の裾(すそ)をきっちりと摑(つか)みながら。

「しょ、しょうがないなぁ。じゃあ、急いで渡ろっか！」

「はい」

めちゃくちゃビビっているのは優愛の方だが、あえて指摘せず、優愛の手を引いて歩くオタク君。紳士である。

ガラス床の上に乗る前は大はしゃぎだが、乗った瞬間に怖くなるのはよくある話である。

多分優愛は絶叫マシーンは好きだが、乗ったら大騒ぎをするタイプなのだろう。

スカイツリーに満足し、二人はエレベータに乗って一気に下層まで降りて外に出た。

「いやぁ、楽しかったね」

「そうですね。この後行きたい所はありますか？」

「じゃあ秋葉原(あきはばら)ってとこ行ってみたい！」

「えっ、アキバですか⁉」

行きたい場所と聞いて優愛の口から出たのは、意外な場所だった。

東京に来たのだから新宿や池袋に行くのかと思っていたが、まさかのアキバである。

オタク君としては、行ってみたい場所だったからありがたくはあるが、それで優愛が楽しめるのだろうかと不安もある。

「うん。普段からお父さんとお母さんの出張で、東京にはよく来てるから、オタク君が行きたそうな所に行ってみたい」

「そうなんですか。優愛さんがそれで良いなら」

などと言いながら、ワクワクのオタク君である。

電車に乗る時もちょっとルンルン気分で、普段は聞き専のような立場のオタク君が、優愛との話に花を咲かせていた。

必死に自分を抑え、早口言葉のオタクにならないように自制しながら。

「ここが秋葉原か」

「すごい、初めて来ました！」

駅から見た街並みは、異質であった。

秋葉原駅に降り立ったオタク君と優愛。

かつては電気街だった秋葉原は、オタクの街として栄え、辺り一面がオタク一色……。というほどではなくなっている。オタクの街というのも今は昔の話である。今はどちらかというと外国人観光客向けなオタクの街になっている。

昔ほどオタク一色の街ではない。だが、それでもオタク君と優愛から見れば十分すぎるほどに異質な街並みであった。

情報量が多すぎて、思わずパンクして立ち止まるオタク君。

ノープランで挑むには、秋葉原はあまりにも店が多すぎるのである。

「とりあえず、お腹が空きましたし、お店に入りませんか？」

時間は昼時。ここでどこに行くか悩んで立ち止まるくらいなら、まずは食事をしながらルートを考えよう。

そう思い優愛に声をかけた。

「おっ、それじゃあメイドカフェってとこ行ってみようよ！」

「メイドカフェですか？」

それ位なら地元にいくらでもある。

わざわざ秋葉原で入らなくてもと思うオタク君だが、同時に秋葉原ならではの飲食店を知らないから、アキバっぽさを感じるならそれで良いかとも思ってしまう。

「だってほら、オタク君地元だと周りの目を気にして行かないじゃん？」

以前優愛がメイドのコスプレをした後の事である。

本物のメイドを見にメイドカフェに行こうと、学校の帰り道にオタク君を誘ったのだが、オタク君が恥ずかしがって結局行かずじまいだったことがある。

地元にメイドカフェはいくらでもあるが、もしかしたら知り合いに会うかもしれないと思い、オタク君はメイドカフェに行った事がないのである。

ちなみにチョバムとエンジンも同じ理由でまだ行った事がない。

優愛に言われ、自分がメイドカフェにまだ行った事がないのを思い出したオタク君。

彼は今、メイドカフェに興味が津々であった。

何故なら彼は、メイド属性持ちだからである。

「そうですね。行ってみましょうか！」

目を輝かせ、適当なメイドカフェに入るオタク君と優愛。

「お帰りなさいませご主人様」

「お帰りなさいませお嬢様」

きわどいミニスカートにニーハイソックスのいわゆる「絶対領域」と呼ばれるタイプの衣装を着たメイドたちが、頭を下げて出迎える。

「こちらへどうぞ」

男女二人で入店したオタク君たちに全く動じない様子を見ると、メイドカフェにカップルで来る客は少なくないのだろう。

本物のメイドを見て興奮するオタク君。メイドカフェのメイドは、本物のメイドではないが、この際それは置いておこう。

席まで案内され、メニューを見るオタク君を、優愛が弄る。

「ふーん、オタク君はああいうのが好きなんだ」

「いえ、そういうわけではないですよ」

そういうわけである。オタク君はああいうの(絶対領域)が好きなのだ。

焦るオタク君に対し、優愛はジト目を向ける。

ちょっとだけ、ヤキモチ焼き状態である。

そんな二人の様子を見て、メイドたちがクスクスと笑っている。

何故笑われているか分からないが、メイドたちが自分を見て笑っている状況はそれはそれで美味(おい)しいと思うオタク君。

そんなオタク君の興奮に気づき、頬を膨らませる優愛。悪循環である。

食事中も、ついメイドに目が行くオタク君。

それに気づくたびに、ぷくーと頬を膨らませる優愛。オタク君をメイドカフェに連れてくるべきじゃなかったかと後悔し始めていた時だった。

「お嬢様。宜しければメイド服の貸し出しもありますがいかがでしょうか？」

そんな二人の様子をクスクスと見ていたメイドたちだが、そろそろ優愛が可哀そうになって来たのだろう。

メイドが優愛に、そんな提案を投げかける。

「えっ、良いの？」

「はい。きっとお嬢様にお似合いですよ」

「良いですね。僕も優愛さんのメイド姿見てみたいですね」

「ふぅん、オタク君はメイドなら誰でも良いんだ～？」

オタク君、やらかしである。

否。そう言ってオタク君からプイッとそっぽを向いた優愛は、顔を真っ赤にしてニヤニヤと口元を緩ませていた。メイドたちが笑いをこらえるために目を背けるほどに。

「じゃあちょっと着替えてくるね」

オタク君とは目を合わせようとせず、メイドに案内され店の奥へ行く優愛。

何度も声をかけようとしてはやめてを繰り返す優柔不断なオタク君。

結局、オタク君は優愛に声をかけることが出来なかった。

「大丈夫ですから、戻ってきたら彼女さんの事『可愛い』ってちゃんと褒めるんですよご主人様」

「えっ。あっ、はい」

初々しいカップルの痴話喧嘩を目の前で見られて、満足そうなメイドさん。

とはいえ、本当の喧嘩にならないように『めっ』とオタク君に言い聞かせる。

そんなメイドさんの仕草に萌えるオタク君。懲りないオタク君である。

数分して、部屋の奥から出てくる優愛。

多分着替えを手伝ったのだろう、他のメイドも一緒に出て来た。

「おっ、その子新人さん？　指名して良い？」

「申し訳ありませんご主人様。こちらのお嬢様は、あちらのご主人様専属メイドなので」

「マジかー。オキニにしようとしたのに」

「ところでご主人様、オキニは私と言っておりませんでしたか？」

「……ごめんなさい、冗談です」

そう言って、客とメイドから軽い笑いが起きる。

多分いつものやりとりという奴なのだろう。

オタク君の前まで来た優愛。

他のメイドと同じ丈の短いスカートに、太ももまであるニーハイソックス。

首元は細めの首輪が付いており、胸元がやや開き色気を感じる姿になっている。

「ご主人様、いかがでしょうか？」

そう言いながら、顔を赤くして両手をもじもじさせている。

顔が赤いのは格好が恥ずかしいというよりは、他のメイドと比べたら自分は劣っているんじゃないかという不安と羞恥心からである。

「凄く可愛いですよ」

恥ずかしがりながらも、もにょもにょせず、ちゃんと口にするオタク君。

口にした後に照れて目線を逸らしたりするが、言われた優愛も同じように俯きながら少し目線を逸らしてしまってるので、おあいこだろう。

「ご主人様、お嬢様。写真を撮りますから座ってくださいね。ほらもっとくっ付いてください」

オタク君と優愛が椅子に座り、くっ付くと、腕が触れ合う。

思わずビクッと反応したオタク君の腕に、優愛が両腕を絡める。

「あの……」

「ご主人様もちゃんと鎖を持ってあげてください」

「えっ、鎖？」

メイドに言われ、思わず鎖を手に取るオタク君。

鎖は優愛の首輪に繋がっていた。

「なんで？」

思わず疑問を口に出したオタク君に、優愛が答える。

「わた……優愛は、オタク君専用のメイドだから、です……」

言われて恥ずかしいオタク君。

言っておいて恥ずかしい優愛。

二人の羞恥心はとうに限界を超えていた。

「あー、上手く撮れないですね。ご主人様もお嬢様も目を逸らしたらダメですよ」

そんな二人を楽しむかのように、撮影のリテイクを何度も出すメイド。

（やばっ、初々しすぎてずっと見てられるわ。このカップル尊すぎだろ）

撮影が終わり、優愛が着替えをすませ、会計をして、店を出た。

既に優愛の不機嫌はどこかへ行ってしまっていた。

色々と気を取り直して、オタク君と優愛は時間までアキバの街を散策した。


「いや～、楽しかったね」

「はい、色々あって楽しかったです」

新幹線に乗り込んだオタク君と優愛。

昨日のコミフェの事、今日の東京見学の事。二人の話のネタは尽きない。

「でも、お父さんやお母さんと一緒じゃなくて良かったんですか？」

「うん。多分明日まで仕事だから、一緒にいても夜ご飯一緒に食べるくらいだし。それに」

「それに？」

「年末の東京ってカップルばっかりなんだよ！　そんな中一人で観光とかヤバくない？　寂しい奴じゃん」

基本一人で行動する事が多かったオタク君だが、年末年始やクリスマスのカップルが多い時期は、引け目を感じる時がある。

彼女がいればとまでは思わないものの、ワイワイムードの中、ぼっちでオタクをやっていると、ふと我に返った時に寂しさを感じたりする。

なので、優愛が言いたい事をオタク君は何となく理解出来た。

「そうですね。この時期に一人だと、寂しく感じたりしますね」

「そうそう。オタク君良く分かってんじゃん！」

「はい、なので今年は優愛さんのおかげで楽しめました」

「こっちこそ、オタク君のおかげでめっちゃ楽しめたし！」

ありがとうございましたとオタク君が頭を下げると、優愛がこちらこそと言いながら同じように頭を下げる。

そんな和やかなムードだが、いきなり優愛が当然のように爆弾発言をする。

「ところでオタク君」

「はい？」

「同人誌ってやつ？　何買ったの？」

そう、優愛の好奇心を考えれば、当然の質問である。

体中から冷や汗が噴き出るオタク君。

着替えなどが入った荷物は家まで宅配を頼んだので、持っている荷物は少ない。

その少ない荷物が、同人誌である。

オタク君が買った同人誌は健全な物だ。だからそれを見せるのは問題ない。

だが、チョバムとエンジンが買って来てくれた物はその限りではない。

思い出されるのは、コミフェでの会話だ。

『拙者、エッチな同人誌買って来るでござる！』

『あっ、僕の分もお願い！』

そう、確実にエッチな同人誌が紛れているのだ。

「どうしたの？」

固まるオタク君を、不思議そうに覗き込む優愛。

キョトンとした顔をしている優愛だが、実はわざとやっていたりする。

オタク君のサークルに出会う途中に、そういった本が並べられてるのをチラリと見たからだ。

なんなら同人誌の宣伝のポスターで、きわどいものもいくつかあったほどだ。

なので、オタク君がそういった本を買っている事はなんとなく察していた。

そして、その事を問い詰めたらどんな反応をするか、面白がって言っているのだ。

魔性の女である。

「色々かなぁ？」

オタク君。ごまかし方がヘタクソである。

「へぇ、どんなの買ったか見せて？　そのカバンの中に入れてたよね？」

「えっと……」

「隙（すき）あり！」

困って思わず目を逸らした一瞬の隙に、カバンを取られてしまい、中の同人誌を見始める優愛。

このままスケベな同人誌を見られれば、しばらくの間優愛に弄られるのは確定である。

いや、その程度ならまだ良い方である。

ドン引きレベルの内容の物が混じっていて、弄りすらされなかったらおしまいである。

神に祈るような気分のオタク君。ふいにスマホのメール通知音が鳴った。

スマホの画面を見ると、メッセージの差出人はチョバムのようだ。

『今頃鳴海殿に「何買ったの？」と言って戦利品を見られてそうな小田倉殿へ。エッチな物は全部、別の荷物に混ぜておいたでござるよ』

チョバム、ファインプレーである。

『君のような勘の良いオタクは好きだよ』

チョバムにお礼のメールを送るオタク君。

どうやら首の皮一枚で助かったようだ。

優愛は同人誌を丁寧（ていねい）に整えてからカバンに入れて、オタク君に返した。

「優愛さんが読んでも面白くなかったですよね」

「ううん。そんな事ないよ。なんていうか、皆一生懸命作ったんだなってのが伝わってくるし」

そう言って笑う優愛。

オタク君にとってギャルのイメージは、こういうもの（同人誌）を馬鹿にしたりキモイと言ったりするものだった。

今も何か言われないか不安だったが、優愛を見てそんな風に思う自分を少し恥じるオタク君。

「優愛さんって、優しいですね」

「そんな事ないって、急にどうしたの」

「いやぁ、オタクってキモイとか言われたりする事が多いけど、優愛さんはそういう偏見の目で見ないで僕にも優しくしてくれますし」

「そんな事ないよ……絶対に」

「優愛さん？」

優愛の様子が先ほどまでと違う事に戸惑うオタク君。

思いつめたような顔をした優愛が、困ったように笑う。

「昔ね、私オタク女って言われてたんだ」

「優愛さんが？」

多少はアニメを見たり、ゲームをしたりはするがオタク知識は全くない優愛。

そんな目の前にいるギャルがオタクとは、どう考えても結びつかないオタク君。

「ほら、うちって両親が有名な会社で働いてるでしょ？　中学時代だったかな、その会社から出た作品を学校に持ってきて『コイツの親、こんなゲーム作ってるんだってよ』って言われたことがあるのよ」

数年前にS社から出たゲームを思い浮かべるオタク君。確かに一部オタク向けのゲームはあったりする。

だからと言って、優愛の親が関わったかは分からない。

だが、馬鹿にするための口実にはなったのだろう。

「当時は私地味でさ、それでオタク女ってあだ名付けられたのが悔しくて、見返すために色々ファッション調べたりして頑張ってギャル目指したりしたのよ」

「そうなんですか……」

「別に元々ファッションとか興味あったし、好きだからやれたし、今もこういう格好したりするのは好きだからそこは良いのよ」

頑張って、気が付けばオタク女と言われる事はなくなった優愛。

それだけなら良い話だっただろう。

「でもさ、一回だけお父さんとお母さんに言っちゃったんだ。『オタクの仕事してて気持ち悪い』って……」

「……………」

「今でも後悔してるし、本当は謝りたいと思ってるけど全然謝れなくてさ。こうやってギャルやってるのも何か当てつけがましいかもと思うと余計に」

『オタク君、悪い事何もしてないのに、勝手にオタクとかキモイとか言うのなくない？』

思い浮かぶのは、優愛と出会ったばかりの時の事だ。

かつてリコがオタク君の事を「キモくね？」と優愛に言った際に、優愛は本気で怒っていた。

もしかして、あの時の優愛は、リコに対し腹を立てたのではなく、リコがかつての自分にダブって見えて、そんな昔の自分に対し腹を立てたのではないだろうか？

そう思うも、流石にその時の事を盗み見てましたと言うわけにもいかないオタク君。

「前の話なんですけど、とある人が『オタクだからキモイって陰口言ってた、ごめん』って謝りに来た事があるんですよ」

あえて誰かは言わない。だが優愛にはそれが誰か分かっていた。

「別に僕に言いに来なければバレないのに、罪悪感を抱いててどうしても謝りたかったみたいです」

「そっか……その人は偉いね」

「そうですね。謝れないのは苦しいですからね」

そう言って、オタク君は優愛の頭を軽く撫でる。

「優愛さんも、お父さんとお母さんに謝ってみませんか」

「でも……」

「大丈夫ですよ。ちゃんと分かってもらえるはずですから」

「……うん」

「もし不安なら、ついて行きましょうか？」

「そこまでしてくれなくても大丈夫だって、その代わりさ」

「はい？」

「もうちょっとだけ、頭撫でてくれたら勇気出るかなーって……」

「良いですよ」

ゆっくりと優愛の頭を撫でるオタク君。

いちゃついているカップルと見えなくもない二人だが、他の席のカップルも似たような感じである。

しばらく撫で続けるオタク君、誰もそんな二人を気にする事なく時間は過ぎて行く。

優愛の格好や生活スタイルは、普通の親なら多少は口出しするものである。

何も言わないのは、もしかしたらその事件がきっかけで、親が優愛に対し遠慮してしまい何も言えなかったのかもしれない。

翌日、大晦日。

「こんばんは」

「オタク君昨日ぶり！」

夜も二十三時を回った時間。

普段ならそんな時間に歩いていれば、警察に呼び止められるが、この日ばかりは見逃される。

二人は優愛の家の近くにある、小さな神社に来ていた。二年参りである。

「リコさんはやっぱり来られないみたいですね」

「そうだね」

『悪い。年末と年始は親戚が来てるから無理』

スマホのグループメッセージで誘いはしたが、どうやら親戚の集まりがあるようで、一緒には来られないようだ。

「親戚の集まりがあるなら仕方ないですよね」

「代わりに二日なら行きたいって言ってたけど、明後日はお父さんとお母さん帰ってくるから、私は行けないからなー」

「そうなんですか」

「うん。帰ってきたらいっぱい話す事があるからね」

そう言ってにこりと笑う優愛。

優愛の笑顔を見て、これなら心配なさそうだと感じるオタク君。

しばらくして、鐘(かね)の音が鳴り響く。

こうして新しい年が始まった。

「オタク君。今年もよろしくね！」

第5章

「るりこ～、いつまで寝てんの？　お友達が来るんでしょ？」

年が明けた一月二日。

朝から姫野家に女性の声が響き渡る。

声の主はリコの母親である。

「う……んっ」

今日は友達と初詣に行くと言っていたのに、いつまでも起きて来ない娘を心配し声をかけているようだ。

肝心の娘、リコはというとよく分からない声で返事のようなものをしている。いわゆる寝ぼけているという状態である。

布団の中、パジャマ姿で丸くなり、完全に正月ボケをしていた。

「ほら、お友達来たわよ！」

「わか……った」

分かったと言いつつも、リコは布団から出ようともせず、むにゃむにゃとしている。

玄関から聞こえるガチャリという音と共に、母親が誰かと会話しているようだが、気にも留めずそのまま寝続けるリコ。

「ママ町内会に行って来るから！　家に誰もいないから、出かけるならちゃんと鍵を閉めて行くのよ！」

そういうと、母親はまた誰かと挨拶(あいさつ)をして出て行った。

少ししてから、リコの部屋のドアがノックされる音がする。

母親が何か忘れ物をして戻って来たのだろうと、眠い頭はそう判断した。

「うん……いいよぉ」

寝ぼけながら返事をするリコ。

この時、寝ぼけている彼女は気づいていなかった。自分の母親はわざわざノックなどするような人間でないという事を。

そもそも、忘れ物をしたからといってリコの部屋に来るわけもないという事を。

ガチャリとドアが開かれる。

「なぁに、ままぁ？」

「えっと……おはようございます」

「んっ、おたくらか……」

挨拶するオタク君に対し、適当な返事をしてそのまま寝続けるリコ。

オタク君、完全に反応に困ってしまっている。

オタク君がどうするべきか悩み、立ち尽くす事数秒。

唐突に、リコがガバッと上半身を起こした。

「はっ⁉　小田倉ッ⁉」

驚きのあまり瞳孔が完全に開いている。

口をポカーンと開けて固まっているリコに、オタク君は二度目の挨拶をした。

「お邪魔してます」

「えっ、なんで？」

事態を理解出来ていないリコ。

多分まだ寝ぼけているのだろう、そう思いオタク君は用件を話す。

「初詣に行くって約束じゃなかったでしたっけ？」

「えっ？」

だが、それでもリコは何故という表情をし続けるのであった。

そう、それには理由があった。

「優愛が来るんじゃないのか？」

「優愛さんは家族と用事があるので来ませんよ？」

「えっ？」

「えっ？」

優愛がリコに連絡した際、親戚が来るから二日なら行きたいと返事をした。

その際に優愛は「分かった、じゃあ二日で」と返事をしただけだった。

この分かったには、「私は行けないけど、オタク君は行けるらしいから、二日にオタク君と一緒に行ってきな」という意味が含まれていたのだ。

当然、エスパーでもないリコにそんな事分かるはずがない。

優愛が来るものと思っていたリコは、思い切り気が抜けていた。

そこにまさかのオタク君登場である。

すっぴんな上に髪の毛は寝癖でぼさぼさ。更に母親を「ママ」と甘えた声で呼んでいるところまで見られてしまったのだ。

オタク君に、完全に無防備な姿を晒していたリコ。

状況がいまだ理解出来ないリコだが、初詣に行くためにオタク君が迎えに来た事だけは理解した。

これ以上の失態を見せないために、慌ててベッドから飛び出し、着替えようとパジャマのボタンを外し始める。

「……あっ」

「えっと……」

ハッとしたような顔でオタク君を見るリコ。

オタク君はあえて顔を背けて見ないようにしている。紳士である。

横目でチラチラ見ているが、紳士である。

「小田倉、お前なに見てんだ！　出てけ！」

「す、すみません」

慌ててリコの部屋から出るオタク君。

勝手にリコが着替え出したというのに理不尽である。

それだけ寝起きのリコの頭が回っていなかったのだろう。

数分後。洗面台の前で、ちょっとおどおどしたオタク君が、ドライヤーとクシを使ってリコの髪を整えていた。

着替えの終わったリコに「髪の毛、やって」と言われ、思わず「はい」と答えてしまったのだ。

「リコさん少し髪伸びましたね、前の髪型にアレンジ入れてみましょうか？」

「ん、お願い」

不機嫌そうなリコの顔色を窺うようにしていたオタク君だが、ドライヤーをかけてクシでとかしている内に楽しくなってきたのだろう。

気づけば真剣な表情でリコの寝癖を直しながら、髪をセットしている。

「小田倉は、髪長い方が好きか？」

「似合ってる髪型なら長くても短くても良いと思いますよ？」

「そうか、アタシの今の髪型はどうかな？」

「似合ってますよ」

これで仕上げと言いながら、リコの前髪を固定するためにヘアピンを付けるオタク君。

完全に夢中になっており、リコが機嫌を良くして少しだけ笑った事に気づいていない。見事な鈍感である。

「化粧もやってくれるか？」

ニヤけそうになるのを抑えるために、あえて仏頂面をするリコ。

そんな表情も気にせず、笑顔で「はい」と答えるオタク君。

「危ないので、どこかで座ってやりましょうか」

「じゃあアタシの部屋でやるか」

洗面所から移動して、リコの部屋に入るオタク君とリコ。

リコが化粧道具を用意して、それを手に取るオタク君。

（そういや、家族以外の男が部屋に入ってくるの初めてだ）

その事に気づくと、唐突に部屋の中が気になり始めるリコ。

変な物は置いてなかったか、散らかってないか。オタク君に変に思われないか気が気じゃない状態である。

「動いたら危ないですよ」

オタク君、きゅっとリコの顎を押さえる。

乙女ゲーさながらの行動である。

唐突に顎を押さえられ、無理やり目を合わせられたリコ。

当然顔は真っ赤になっている。

「リコさん、目をつぶって」

「えっ……」

（そ、そういや前に小田倉に、どうしてもキスして欲しいなら構わないって言ったけど、ここでか）

「どうしてもか？」

「はい、どうしてもです」

「分かった」

震えながら、ぎゅっと目を閉じるリコ。

前にキスした時はどさくさだったから分からなかった。

だが今ならその感覚が良く分かる。まるで目に何か塗られているような感覚である。

「はっ？」

「もう開けて良いですよ」

目に何か塗られているような感覚なのは当然である。

オタク君はアイシャドウを瞼に塗っていたのだから。

完全に自分の勘違いに気づき、更に顔を赤らめていくリコ。

普段のリコならそのくらい分かるものなのだが、どうやらまだ寝起きの頭は完全に覚醒していないようだ。

「さてと、準備が出来たら行きましょうか？」

「あぁ、あとは上着を着て、財布を持って行くだけだから大丈夫だよ」

部屋に立てかけてあるコートを着て、財布と鍵とスマホの確認をするリコ。

どうやら準備万端のようだ。

「こっちは準備できたぞ」

「はい、それじゃあ行きましょうか」

玄関の鍵を閉めるリコ。

「寒いな」

家を出た瞬間に、一気に温度が変わる。

吐く息は白く、思わず「寒い」と独り言のように口から出た。

「そうですね。まだ雪は降らないみたいですけど」

「そうか、まぁさっさと初詣すませて、どこかの喫茶店にでも入ろうぜ」

少しだけ寒さに身を縮めながら、二人は神社に向かい歩き出した。


「いや、多すぎだろ」

リコの家の近くの神社に着いたオタク君とリコ。

そこは既に長蛇の列が出来ていた。

少々うんざりしたような顔をしたリコに、オタク君が尋ねる。

「いつもこんなに多いんですか？」

「来た事ないから分からない」

普段は寝正月でだらけているため、初詣にはよっぽどの事がないと行かないリコ。

なので、ここまで人が多いとは予想していなかったようだ。

リコの家の近くの神社は、古くから伝わる由緒正しき神社で、三種の神器の一つが祀られている事で有名な場所だ。

その他にも樹齢千年以上の神木や、歴史的に価値がある文化財クラスの物が何千点とあったり、言い出せばキリがないほどにネタが絶えない。

神社の周りには出店が立ち並び、近場の駐車場の料金が正月の間は一時間数千円、天井無しでも満車になるほどの人気である。

多少は知識のあったオタク君とリコだが、これほどまでとは思っていなかったようだ。

まるでコミフェの二回戦のようだなどと思いながら、列を見るオタク君。

「どうします？　他の所に行きます？」

「他の所に行くのも並ぶのも、時間は変わらないんじゃないか？」

「そうですね」

やめておきましょうか？

そう提案しようとするオタク君だが、リコはずんずんと先に向かって歩いて行く。

「ほら、並ぶよ」

「あっ、はい」

どうやらリコに諦めるという選択はないようだ。

リコに遅れて、オタク君も列に並ぶ。

「リコさん。はいコレ」

「あぁ、ありがとう」

オタク君は自販機で買ったホットココアを手渡した。

『一時間待ち』という看板を見て、長丁場により冷える事を見越し、先に行ったリコのために急いで買って来たのだ。

見事に気の利いた行動、紳士的である。

ホットココアを受け取ったリコ。

「はいよ」

財布から硬貨を取り出し、オタク君に手渡そうとする。

ホットココア代である。

「いや、良いですよ」

「ダメだ、ちゃんと受け取れ」

強気に代金を渡され、それじゃあと言いながら受け取るオタク君。

「寒かったし、助かるわ」

少々押しつけがましかったかなと思うオタク君だが、自分用に買って来た分を一口飲むと、体が温まるのを感じる。

　実際にあるとないとでは段違いだから、きっとこれで良かったのだろうと自分に言い聞かせるオタク君。じゃないとマイナス思考に陥（おちい）ってしまうので。

　オタク君たちの後にも、参拝客が次々と押し寄せてくる。流石（さすが）は大人気神社である。その中に見知った顔がいた。

「あっ、お兄ちゃん」

　オタク君の妹、希真理（きまり）である。

　どうやらオタク君の妹は、友達二人と一緒に参拝に来ていたようだ。

　走ってオタク君の元まで来た希真理に対し、友達二人は少々申し訳なさそうな顔をしている。

「ちょっと、お兄さん彼女と一緒にいるのに邪魔しちゃ悪いよ」

　コソコソと話しているようだが、オタク君とリコに丸聞こえである。

　そもそもオタク君とリコをチラチラ見ながら言っていれば、聞こえなくても何を言っているか丸分かりである。

「えっと、希真理のお友達かな？　希真理の兄の浩一（こういち）です。こっちは友達のリコさん」

　なので、恋人同士じゃないですよとアピールしつつ、自己紹介をするオタク君。

「あぁ、アタシは小田倉の友達の姫野瑠璃子（るりこ）だ。勘違いしてそうだけど、小田倉とはまだ付き合ったりとかはしてないからな」

まだ付き合ったりとかはしてない。まだ。

そう言いながら、少しだけ気を良くするリコ。

普段は子供扱いされる事が多いが、オタク君と恋人同士だと思われた、つまり大人っぽく思われたという事がちょっとだけ嬉しかったようだ。

付き合ったりという部分で顔を赤らめるリコに対し、希真理の友達二人は「あぁ、コイツ希真理の兄に惚れてるな」と薄々感づく。

気づいていないのは、オタク君と妹の希真理くらいである。血は争えないようだ。

「んっ？　リコさん顔赤くないですか？」

恋心には気づかないくせに、そういうところにはめざとい希真理。そんなところもオタク君にそっくりである。

「あぁ、小田倉の買って来てくれたホットココア飲んでるからかな？　寒い時に飲むと温まるしな」

リコ、言い訳が苦しい。希真理の友達二人も流石に苦笑いである。

だが、そんな言い訳の苦しさに気づかない希真理とオタク君は、フーンと言いながら聞き流した。

「あの、私希真理ちゃんの友達の池安薙と言います」

唐突にオタク君に自己紹介を始める希真理の友達。先ほど希真理にコソコソと話していた女の子だ。

ゆっくりな口調から、緩(ゆる)いイメージを受ける。

どうやらリコの苦しい言い訳をうやむやにするための、フォローとして自己紹介をしたようだ。気遣いの出来る人間である。

肝心のオタク君はというと、苦しい言い訳に気づいていないようだが。

リコの言い訳よりも、妹の友達の苗字(みょうじ)が気になったオタク君。

「池安って、もしかして」

「はい、兄がいつもお世話になっています」

オタク君のクラスメイトである池安の妹のようだ。

頭を下げる薙に対し、こちらこそと言って頭を下げるオタク君。

「私は向井玲(むかいれい)です。よろしくお願いします」

こちらはハキハキと喋(しゃべ)り、優愛ほどではないにしろギャルのような格好をしていて、薙とは正反対のイメージを受ける。

やや吊り目がちなせいで、勝ち気な性格のように見える。

玲は名乗った後に、オタク君に手を差し出した。

握手をしようという事らしい。

差し出された手を見て、オタク君はちょっとキョドった。

これだけ散々ギャルたちに絡まれていながら、いまだに女の子に苦手意識を持っているからである。

一瞬戸惑いながらも、差し出された手を握り返すオタク君。

「こちらこそ、よろしくお願いします」

握手をした際に、女の子の手の柔らかさにちょっとだけドキドキするオタク君。

そんな向井とオタク君の様子を、気に入らないと言わんばかりに見る希真理。

リコも半眼になってオタク君を見ている。

場の空気を変えようと、話題を変える事を試みる薙。

「お、お兄さんたちはここにはよく来るんですか？　実は私たち初めてなんですよ」

「あぁ、実は僕たちも初めてなんですよ」

このままどこに行くか聞き出し、自分たちはあえて別の場所へ行く事にして別れようとする薙の気遣い作戦。

だが、希真理の一言でぶっ壊れたようだ。

「そうなんだ、じゃあお兄ちゃんとリコさんも一緒に回ろうよ」

希真理の言葉に、向井も同意する。

「それ良いですね。お兄さんたちが迷惑じゃなければどうですか？」

断れない雰囲気になり、ため息を吐く薙。苦労人である。

オタク君とリコは断ることが出来るわけもなく、オタク君の妹たちと行動を共にするのだった。

オタク君たちが初詣の列に並び始めてから三十分経った。

やっと境内の中に入った所である。

「ところで、これ何処に向かっているんだ？」

リコの言葉に、誰も答えられない。

右も左も人で混雑しており、もはや自分たちが何処に向かっているかすら良く分かっていない状況である。

オタク君が見上げると、案内が書かれた大きな布が、木と木の間に固定されている。

色々と書かれているが、人が多すぎてまともに見る事すらできない。

分かるのは真ん中にデカデカと書かれた「この先本宮」という場所くらいだ。

「とりあえず、本宮と書かれた場所に向かってみましょうか」

多分それだけデカく書かれているのだから、参拝する場所という事だろう。

実際にそこで合っていた。やっと参拝が出来る。そう思って安堵したオタク君たちだが、そこから参拝出来るまでに二十分はかかるのであった。

参拝が終わったオタク君たち、鳥居を抜けそのまま出口へ。

人が多いとはいえ、立ち止まる事がないので帰りはスムーズであった。

並び始めたばかりの頃はおみくじを引こうとか、貴重な文化財が展示されている宝物館を見に行こう等と、和気あいあいとしていたオタク君たち。

だが、実際に並び、時間が経つにつれ、そんな気持ちは薄れて行った。

参拝が終わる頃には、誰からともなく「もう戻ろうか」と言い出し、おみくじも宝物館もスルーして出口へ向かっていた。

「お兄ちゃんたちは、この後どうするの？」

どうすると言われても、参拝の予定しかなかったので何もない。

オタク君がどうしましょうかと聞く前に、答えが返って来た。

『ぐぅ～』

リコの腹の音である。

オタク君が迎えに来てから準備をしてすぐ出たので、当然リコは朝食を食べていない。口にしたのはオタク君が買って来てくれたココアだけ。そんな状態で一時間以上参拝のために並ばされたのだ。当然腹は減る。

腹の音に反応し、全員の視線がリコに向く。

「お腹が空いたし、喫茶店でモーニングとかどうかな？」

「お兄ちゃん、お腹の音鳴らしすぎ」

お腹を押さえ、今のは自分のお腹の音ですアピールをするオタク君。紳士である。

勿論、今もなお鳴り続けている音が何処から出ているか誰もが気づいているが、あえて気づかない振りをする面々。紳士淑女の集いである。

「ア、アタシはそれで構わないよ」

「希真理たちはどうする？」

「喫茶店でモーニングとか大人っぽい！　薙ちゃんも玲ちゃんも行かない？」

(希真理ちゃん、ここは断る場面じゃないのかな？)

薙のアイコンタクトに全く気づかない希真理。

「そうですね。薙はどうす……る？」

希真理は気づかないようだが、玲は気づいたようだ。

笑顔でニコニコしながらも、威圧感を放つ薙に。

喫茶店に興味はないが、高校生という中学生から見たら大人な人たちがどんな付き合いをしてるか興味津々な玲。

だが、このまま希真理に従いついて行けば、薙がめんどくさい事になるのは予想がつく。

「希真理ちゃん、玲ちゃん。私たちはこの後、新年の初売りセールに服見に行く予定でしょ。早くしないと売り切れちゃうよ？」

「そ、そうだったな。お兄さんの誘いはありがたいけど、私たちは行くか」

天秤にかけた結果、薙の機嫌を取ることにしたようだ。

なおも抗議の声を上げた希真理だが、薙と玲に引きずられ人混みに消えて行った。

妹たちを見送った後に、近くの喫茶店に入るオタク君とリコ。

「リコさん、そんなの頼んで大丈夫ですか？」

「腹減ってるし、これくらい食べられるだろ」

普通の喫茶店メニューは軽食という名の通り、やや少なめのボリュームであることが多い。

だが、オタク君たちが入った喫茶店は、その逆を行く事で有名な喫茶店である。

大体の品はボリュームが多いのだ。

なんならボリュームが多すぎるので、同じ商品のミニサイズも用意されるほどだ。

お腹が空いてるのだから、このくらいはいけるだろう。

そんな甘い考えで注文をすれば、確実に後悔する。

もしオタク君やリコがこの喫茶店に行き慣れているのなら、そんな間違いは絶対にしなかっただろう。

だが、学生の身分で喫茶店に行く事は中々ない。コーヒー一杯何百円は高校生には大きな出費であるからだ。

そんな行き慣れていない学生が、正月というイベントを経て懐が潤っているのだ。

間違いが起きないはずがない。

「「…………」」

頼んだメニューが届き、その大きさに絶望するオタク君とリコ。

コーヒーが、「お前は生ビール中ジョッキと間違えて出て来たのか？」と言いたくなるようなサイズである。

大きいサイズが普通サイズの価格とたいして変わらなかったら、大きいサイズを選んでしまうのは人間の性というもの。

さぁ飲んでみろと言わんばかりにデカいカップに入れられたその姿は圧巻である。

そしてコーヒーについてくるサービスのモーニングセット、トーストにゆで卵にバター。

他にも小倉あんやジャムが選べたりするが、この辺りはまぁ普通である。

そして出て来たデザート、ドーナツ形のすっきりした甘さが特徴の熱々のパン。真ん中にはソフトクリームがこれでもかと言わんばかりに盛られている。

大きさは小さめのケーキ一ホール分に匹敵するサイズだろう。一個ではなく、一ホールである。

カロリーは驚異の約１０００キロカロリー。ラーメン約二杯分である。

お腹が空いていると言ったリコだが、食べる前から既に食欲が失せかけている。

大の大人でも一人で食べるには厳しい量だろう。

完全にやらかしである。

とはいえ、食べなければなくならない。

「いただきます」

届く前までは、コミフェがどうだった等の話題で盛り上がっていた二人だが、完全に無言になっている。

普通サイズのホットコーヒーしか頼まなかったオタク君は、普通に完食している。あとは優雅にコーヒーを啜るだけだ。

対してリコは、やっと四分の一を食べたところである。

一口サイズに小さく切り分けたつもりでも、リコの口にはバカデカい。一口だけでも十分にお腹を満たせるであろう。

そんなのが、まだ大量に残っているのだ。

「リコさん、大丈夫ですか？」

「別に、まだ平気だし」

嘘である。

既に後悔の念に駆られているリコ。

だが、頼んでおいて、半分以上残すのは流石に恥ずかしい。

無理をしてもう一口と切り分けている時、ある考えが彼女の脳裏に浮かぶ。

(食べられないなら、食べさせてしまえば良いんじゃないか)

リコの目の前には、心配そうに見つめるオタク君がいる。

ニコリと笑みを浮かべたリコが、フォークを伸ばそうとして一旦手を止める。

(ここからだと、手を伸ばしても届かないな)

そのまま席を立ち、自分の皿とカップを移動させオタク君の隣に座る。

「ほら小田倉も食べたいだろ？　あーん」

「えっ……」

何となく予想は付いていたが、それでも困惑するオタク君。

先ほどまでリコが使っていたフォークで食べれば、間接キスである。

間接キスは気にしないリコ、口を開けようとしないオタク君に肩が触れ合う距離まで寄ってくる。

「ほら、小田倉。口を開けろって」

「は、はい」

観念してあーんをするオタク君。

口の中には暴力的な甘さが広がる。

「どうした、甘すぎたなら、コーヒー飲むか？」

そう言ってリコは、ストローがささった自分のアイスコーヒーを差し出す。

ストローに口をつければ、フォークなんて比ではないほどの、間接キス状態である。

（恥ずかしいし断るべきだろうけど、この量をリコさんが一人で飲むのは難しいし、仕方ないよね）

オタク君、自分に対し必死の言い訳である。

顔を赤くしながらズズズとストローに口をつける。

オタク君のそんな姿に満足したのか、今度はフォークでデザートを切り分け、食べるリコ。

一口食べて、何度かの咀嚼（そしゃく）の後に、オタク君が口を離したストローに口をつけアイスコーヒーを飲んでいく。

オタク君がもじもじと挙動不審になっている事に気づくリコ。

「んっ、どうしたんだ?」

「いえ、その、間接キスになっちゃうけど良いのかなって」

「なんだ、そんなの気にしてたのかよ」

なおも照れるオタク君。

そんな様子が、ちょっとだけ可愛いなと感じたリコ。

たかが間接キスで恥ずかしがるオタク君に対し、自分の方が大人になった気分になる。

「間接キスも何も、アタシらキスしてんだから今更だろ」

なのでちょっと大人ぶった事を言ってみたつもりだった。

結果、言っておいて顔を真っ赤にしてしまう、見事な自爆である。

心臓の音が聞こえるんじゃないかと思えるほどに加速し始めるリコ。隣では同じように顔を真っ赤にするオタク君。

「ほ、ほら、もう一口食えよ」

誤魔化すようにデザートを切り分け、オタク君にあーんをするリコ。

同じく誤魔化すように、あーんをして食べるオタク君。

「やだっ、あそこのカップル顔を赤くしながらあーんしてる」

「見たらダメだって、でも可愛いね」

そんなオタク君たちの様子を、近くの席にいた女性二人組がクスクスと小声で話している。

小声で喋（しゃべ）っているつもりだが、当然オタク君たちの耳にも届いている。

その会話で、今自分たちがどれだけ恥ずかしい事をしていたか思い知るオタク君とリコ。

普通ならこのままイチャイチャし続ける方が恥ずかしいはず。

だが、二人は今冷静な判断力を失っていた。

そう、離れれば良いだけの話なのを、目の前のデザートを食べきれば良いと判断してしまったのだ。

（早く食べ終えなければ！）

「リコさん、今度は僕があげますよ」

フォークを手に取り、一口サイズに切り分けたソレをリコの口元に運ぶオタク君。

何故そんな事をしてしまったか？　彼は完全に混乱しているからである。

早く食べ終えるために、手を動かそうと考えた結果なのだ。

「あ、あーん」

パクリと食べ、もごもごと咀嚼し飲み込むリコ。

「ほら、次は小田倉の番だ」

今度はリコがフォークを手に取り、オタク君にあーんをする。

気づけばお互いがあーんをするバカップル状態が出来上がっていた。

そんな様子をクスクスと聞こえる声で笑いながら見る女性二人組。

何とか食べ終わったオタク君とリコ。

食べた直後で苦しい腹に耐えながら、そそくさと退店する二人。

彼らが去った後の店内には、オタク君とリコの真似(まね)をしようとしたカップル数組が、デザートの大きさと量に絶望し顔を青くしていた。

閑話　「オタクに優しいギャルが部にいる拙者（モブ）たちはどうすりゃいいでござるか？」

雪がちらつき始める二月。

放課後の第2文芸部。

暖房を点（つ）けたばかりの部室は、氷点下に近い温度である。

吐く息も白く、身も凍る寒さの中、オタク君、チョバム、エンジンはオタク会話で熱く盛り上がっていた。

「いやー、今回も『魔法少女みらくる☆くるりん』素晴らしかったですな」

「女児向けアニメとはいえ、迫力のある戦闘シーンに濃厚なシナリオ、半端（はんぱ）ないでござる」

彼らの話題は、日曜の朝にやっている、女児とおっきいお友達に大人気のアニメ『魔法少女みらくる☆くるりん』である。

天真爛漫（てんしんらんまん）で笑顔の絶（た）えない炎の魔法少女くるりん。通称リンちゃん。

冷静沈着でいつも無表情な雷の魔法少女くるるん。通称ルンちゃん。

この二人の魔法少女が素手と魔法で戦う話なのだが、少年漫画のアニメに負けないくらいの戦闘シーンや、昼ドラに負けないくらいのドロドロ展開をしていたりと、良くも悪くもオタク界隈(かいわい)では話題に上がる作品である。

当然、オタク君たちも毎週欠かさず見ている。

なので、月曜の放課後に第2文芸部で彼らが話す話題は『魔法少女みらくる☆くるりん』なのである。

「いや〜、あれだけくるるんに酷(ひど)く拒絶されたのに、大事な仲間だと言って助けに向かったリンちゃんは最高だね。天使だよ」

「流石(さすが)小田倉(おたくら)氏ですぞ、良く分かってるですぞ」

腕を組み、うんうんと頷きながら語るオタク君。

その言葉に、満足そうに頷(うなず)くエンジン。彼もまた、リンちゃんが大好きであった。

盛り上がる二人に対し、何言ってんだオメーと言わんばかりの冷めた表情のチョバム。

彼が好きなのは、ルンちゃんだった。

「何言ってるでござる。天使はルンちゃんでござるよ。わざわざ危ない所からリンちゃんを遠ざけるために心を鬼にしたのに、台無(だいな)しでござるよ」

フンと鼻で笑いながら、やれやれと首を振るチョバム。

その態度と発言が、エンジンの心(ハート)に火を点けた。

「はっはっは、ルンちゃんなんてただの量産型厨二(ちゅうに)キャラですな。大体相手が踊り狂うルンちゃんの必殺技『雷の魔法(ダンシングクレイジー)』って狂ってるのはどっちだ、ですぞ」

「エンジン殿は面白い事を言うでござるな。あえて言うなら狂ってるのはエンジン殿でござるよ」

にこやかに会話をしながら、笑顔で席を立つチョバムとエンジン。

「ああ？」

「ああ？」

そして取っ組み合いの喧嘩が始まった。

お互いオタクなのだから、相手の好きな物を貶してはいけない。

当たり前の事ではあるが、彼らがそれを理解し行動するにはまだ若すぎる。

「ちょっと、二人ともやめなって」

そんな彼らを毎回仲裁するのがオタク君の役目である。

呆れたような顔で、間に入り喧嘩をとめる。

拗ねたようにお互い顔を逸らし、椅子に座るチョバムとエンジン。第2文芸部のよくある光景である。

チョバムとエンジン。彼らはとにかく趣味が合う。

好きなアニメ、好きなゲーム、好きな声優。大抵が一緒なのだ。

だが、好きなキャラになると毎回真っ二つに意見が分かれ、このような罵り合いに発展したりする。

とは言え、しばらくすればすぐに仲直りして楽しそうに話すので問題はない。

そんなのに毎回巻き込まれるオタク君としては、たまったものではないだろうが。

「おっすオタク君」

「おーい、小田倉」

いつもの如く、無遠慮に開け広げられる第2文芸部のドア。

開けたのは優愛である。その隣にはリコも一緒である。

そのまま二人はズケズケと第2文芸部の部室に入って行く。これもまた第2文芸部のよくある光景である。

「あれ、二人ともまた喧嘩したの？」

「今度は何があったんだ？」

チョバムとエンジンの様子に気づいた優愛とリコが尋ねるが、返事は来ない。

無視をしているのではなく、単純に「女児アニメの事で喧嘩した」と言いづらいだけである。

なので、オタク君がフォローを入れる。

「ははっ、ちょっとアニメの話題で熱が入りすぎちゃってね」

「そっか」

いつもの事なので、優愛もリコも特に気にしていないようだ。

とりあえず大事ではないと判断し、いつものように他愛のない会話を始める。

アレを買いたいからバイトしたいなとか、最近新しくスイーツのお店が出来たから一緒に行こう等。

時折、チョバムやエンジンも会話に交じりながらの雑談である。

最初の頃はギャルの対応にあたふたしていたチョバムとエンジンも、今はそこそこに慣れてきている。

優愛やリコとの会話は『オタク君に優しいギャル』の設定作りに大いに役立つため、チョバムとエンジンにとっては彼女たちとの雑談は貴重な資料である。

チャイムが鳴るまで、まだしばらく時間はある。

だが、オタク君は優愛とリコと共に帰るようだ。

先ほどの雑談で新しいお店の話をしていたら、優愛が行きたくなったからである。

「それじゃあチョバム、エンジン、先に帰るね」

「お疲れ様ですぞ」

「また明日でござる」

そのままドアへ向かう三人。途中で優愛が振り返る。

「そうそう、また同人誌ってやつ？　作るなら手伝うからいつでも言ってね」

「その時はまたお願いするでござる」

「その時はもうちょっと上手くなりたいから、エンジン、ペン入れのテクニックとかもっと教えてよ」

「分かったですぞ」

「それと次に出すのはギャルはなしにして、優愛を除け者にしよっか」

「おっ？　リコ喧嘩か？」

チョバムとエンジンに続き、優愛とリコを宥めながら第2文芸部の部室を出て行くオタク君。

三人が出て行くと、部室は静かになった。

何となくオタク会話で盛り上がる気にもなれないチョバムとエンジン。

「そういえば、SNSの第2文芸部アカウントで、たまにはショート漫画をUPしてみるでござるか」

「そうですな」

コミフェ以降、サークル「第2文芸部」は地味にフォロワー数を伸ばしていた。

だが、出回ったのはまだ百部。

どんなタイプの本を出したか知ってもらうために、ショート漫画をたまに描いてはUPしたりしている。

人気はそこそこで「真に迫ったものを感じる」と概ね評判である。

「小田倉殿たちを元にネームを作ったでござるよ」

「ふむ、それでは早速描きますぞ」

静まり返った第2文芸部で、筆を走らせる音だけが小さく響く。

チョバムはネームの続きを描き、エンジンは出来たネームを清書していく。

「最近……チョバム氏のネーム、綺麗で見やすくなったですぞ」

「……拙者があれこれ描かなくても、エンジン殿がちゃんと描いてくれるからシンプルになっただけでござるよ」

そう言って、しばしの無言。

「……さっきはああ言ったでござるが、拙者リンちゃんも好きでござるよ」

「某も、ルンちゃんも好きですぞ」

そして、またしばしの無言。

「次は、リンちゃんとルンちゃんのショート漫画なんてどうでござるか？」

「良いですな」

なんだかんだで、趣味が合うから仲良しである。

後日、喧嘩をしながら彼らが描いた『魔法少女みらくる☆くるりん』のショート漫画は、万バズするほど人気が出た。

第6章

二月十四日。

それは男女がワクワクする一大イベント、バレンタインデーの日である。

普段からお世話になっている相手に贈る義理チョコ。

仲が良い異性の友人に贈る友チョコ。

そして、意中の相手に贈る本命チョコ。

オタク君の学校では、朝から誰もがソワソワしていた。

普段は始業時間ギリギリに駆け込んでくる生徒たちも、まだ始業時間まで一時間以上あるのに、既(すで)に教室で待機していたりする。

女生徒たちは誰に渡すかの話題で持ち切りだ。

そんな女生徒を横目に、男子生徒たちは雑談をする振りをしている。女生徒たちが気になって仕方がない様子だ。

当然、オタク君もソワソワしていた。

中学までは女子と仲良くなる機会がなく、妹や母親から貰(もら)う程度で、それ以外はネットゲームのイベントで貰ったり渡したりだった。

それが高校に入ってからは優愛をはじめとして、色々な女子と仲良くなったオタク君。

つまり、チョコを貰う可能性が高い事くらいは理解していた。

今までの人生で、まともに異性からチョコを貰った事がないオタク君。

とにかく意識をしないようにラノベを読み、気にしていませんアピールをしている。

(だめだ、全く内容が頭に入ってこない)

ラノベを読んではいるが、どうしても目線はチラチラとあちこちに行ってしまう。

自分なんてどうせ貰えないだろう。そんな風に言い聞かせてみるが、それでも目は泳いでしまうのだ。

教室のドアが開かれるたびに、思わず目が行ってしまうオタク君。それはオタク君だけでなく、他の男子たちもまた同じである。

そしてまた、教室のドアが開かれる。

一瞬だけ男子の会話が止まり、そしてすぐに再開される。

ドアを開けた人物と思わず目が合ってしまうオタク君。

目が合った相手は、そのまま目を逸らさずオタク君の席へ近づいてくる。

「おっす、小田倉君。丁度良かったわ」

「ほい、これウチらからね」

村田姉妹である。

いつもと変わりない、友達と話す気軽さでオタク君に話しかけ、机の上にドンとそれぞれチョコを置いた。

小さなバスケットにチョコがいくつも入った物と、小さい箱だが高級そうな物である。

「えっ、良いんですか？」

「良いも何も、ウチらの仲じゃん？」

「変なもん入ってないから安心しろし」

オタク君の反応にケラケラと笑いながら、勝手に周りの椅子を拝借(はいしゃく)してオタク君の対面に座る村田姉妹。

ニヤニヤした感じで村田姉妹にジーッと見つめられ、目を逸らそうにも、周りの男子の視線に居心地の悪さを感じながら、貰ったチョコをカバンに入れるオタク君。

「ありがとうございました」

「「どういたしまして」」

お礼を言うと、ほぼ同時に返事が返ってくる。

だが、そのまま立ち去ることなく、ジーッとオタク君を見続けている。

「えっと、どうしました？」

反応に困ったオタク君がそう声をかけると、待ってましたと言わんばかりにスマホを取り出す村田姉妹。

「いやぁ、お礼だなんて。そうだな、ウチこれが欲しいと思ってるんだけどどうかな？」

「ウチはこういうの欲しいんだけど、小田倉君作れる？」

そう言って村田姉妹がオタク君にスマホの画面を押し付けてくる。

スマホの画面に映っているのは自作された付け爪や、エクステが載っているインスタである。

普段優愛やリコに作っている物とそう変わらない物だ。

わざわざこんな回りくどいやり方をしなくても、頼めばオタク君なら作ってくれるだろう。

だが、あまりオタク君にベタベタすると、優愛がヤキモチを焼き、最悪涙目になる。

なのでバレンタインのイベントにかこつけて、オタク君におねだりしても問題ない空気を村田姉妹なりに考えたのだ。

「ええ、これ位なら構いませんよ」

「マジで！　ホワイトデー超楽しみにしとくわ！」

「なんなら早めに渡してくれてもＯＫだからね」

後でメッセージで画像送るねと言って、上機嫌で自分たちの席に戻る村田姉妹。

既に貰った後に、どんなコーデをするかの話題に入っている。

そんな二人の様子に苦笑いのオタク君。

「そういえば、今日は優愛さんと委員長、遅いな」

始業三十分前になっても、まだ優愛と委員長は教室に来ていない。

優愛はたまに遅刻ギリギリに来ることはあるが、委員長が遅いのは珍しい。

早く来ていたら来ていたで、一挙一動が気になってしまうだろうが。

その頃。

「んで、いつまで人の教室にいるつもりなんだ？」

「いや、ほらたまには語り合いたいじゃん？」

優愛はリコの教室にいた。

始業時間の一時間前に自分の教室に向かった優愛だが、オタク君がいるのを確認し、思わずリコの教室に逃げ込んでいたのだ。

理由は言うまでもないが、バレンタインでオタク君を意識しすぎたからである。

「そういえば、ほら、今日ってあれじゃん。確かバレンタインだっけ？」

優愛。とても下手な切り出し方である。

「ほら、リコは誰に渡すとか決めてたりするの？」

「ん、べ～つにぃ～？」

「おっ？　照れ隠しか？　恥辱まみれか？」

どっちが照れ隠しだ。

半眼で見つめるリコだが、あえて言わない。

言えば、ただでさえテンションが高くなってウザ絡みしている優愛が、更にウザくなるのが目に見えているからである。

「そういう優愛こそ、誰に渡すか決めてるのか？」

「えっ、私は、その、ほら」

「普段から小田倉には世話になってるから、小田倉には渡さないとな」

「そ、そうだよね！　やっぱオタク君には世話になってるし渡すべきだよね！」

「そりゃそうだろ」

なので、これ以上ウザくならないように、優愛がオタク君に渡すための口実をさっさと作る。

全く素直じゃない奴だ。リコは心の中でため息を吐く。

「それじゃあ、リコも言ってる事だし、オタク君に渡しに行こうかな」

「そうだな。さっさと行ってこい」

シッシッと言おうとして、リコは上げようとした手をぐっとこらえる。

それをすれば、また優愛にウザ絡みをして居残られるだろうから。

「じゃあ、行って来るね」

またねと言って教室を出る優愛。

普段の彼女なら「リコも一緒に渡しに行かない？」と言っているだろうが、一人で向かっている。

何故か？

（これ、どうやって渡そう）

彼女が用意したチョコは、大きなハートのチョコである。手作りの。

誰がどう見ても、まごうことなき本命チョコである。オタク君だいしゅきチョコである。

流石（さすが）にリコが隣で義理チョコを渡しているのに、本命チョコを渡すのは勇気がいる。

なので、人知れずコッソリ渡すつもりなのだ。

教室から優愛が出て行ったのを見計（みはか）らい、リコに女生徒が近づいて行く。

リコのクラスメイトで友人のミキミキと愛美（まなみ）である。

「瑠璃子（るりこ）は一緒に渡しに行かなくて良かったの？」

「普段から小田倉君には、お世話になってるんでしょ？」

「別に、後で渡すから良いよ」

もし優愛が一緒に渡しに行こうと言っても、リコは断るつもりだった。

何故なら彼女もまた、手作りの本命チョコを持ってきていたのだ。

人知れず、コッソリ渡すために。

そして、放課後になった。

オタク君が貰ったチョコは、朝に村田姉妹から貰った分の二つだけだ。

それまで優愛とリコは何をしていたのか？

「オタク君」

「どうしました？」

「えっと、次は移動教室だね！」

「はい、そうですね。そろそろ行きましょうか」

「……そうだね」

移動教室の際に、ギリギリまで待ってからオタク君と二人きりになったタイミングで渡そうと決めていた優愛だが、教室にはしつこく居残る男子たちの群れ。

彼らもまた、チョコを貰うために教室で粘っているのだ。

当然、誰も貰えないのだが。

むしろ意中の人にチョコを渡したい女子は、彼らの習性を逆手に取り、渡す相手を早めに移動教室に連れ出しチョコを渡していたりする。

なのでオタク君のクラスでまともにチョコを渡せていない女子は、優愛くらいである。

そして、リコはというと。

「瑠璃子、小田倉君に渡しに行かなくて良いの？」

「……後で渡すから良いよ」

こんな感じである。

リコが強情だからというのもあるが、どこのクラスもわざわざ別のクラスの女子が訪ねてくるだけで、お祭り騒ぎのように沸くのだ。

そんな好奇の目で見られたくないので、チャンスを窺っていて、気づけば放課後になってしまったのだ。

仕方がないと言えば仕方がない事である。

ため息を吐きながら、第2文芸部の部室へ向かうリコ。

一方オタク君のクラスでは、放課後だというのに男子生徒がまだ大量に居残っている。

優愛はオタク君に話しかけ、雑談で引き留めてはいるが、そろそろ限界を感じていた。

オタク君もオタク君で、なんとなくチョコを渡してくれるのかなと感じ取りあえて雑談に乗っているが、そろそろ話のネタが尽きかけている。

教室のドアががらりと開いた。

一斉に視線が集まる、ドアを開けたのは村田姉妹だ。

キョトンとした顔で教室を見渡した。

「あれ？　男子たちこんなところにいたの？」

「女子たちからチョコ渡すから、三階の空き教室来てって聞いてない？」

その言葉を聞いて、一人の男子がめんどくさそうに立ち上がる。

「良く分からないけど、しゃあねぇし行くか」

めんどくさそうなセリフの割には、スキップしそうなほどにウキウキしている。

「ったく、付き合いってのが大事だしな」

「まぁお前らが行くなら、行くかな」

「お返しとか考えるのだりぃな、どうする？」

やれやれだぜと言わんばかりのセリフを吐きながら、一人また一人とめんどくさそうに立ち上がり、スキップしそうなほどウキウキした足取りで教室を出て行く。

教室を出て、そのまま空き教室へ向かうと見せかけ、トイレに次々と入って行く男子生徒たち。多分中で髪型や身なりを整えているのだろう。

だが、一部はそれでも頑なに動こうとしない。

貰えるのが義理チョコと分かりきっているからだ。

彼らが欲しいのは本命だ。たとえ0に近い可能性としても、本命のために、この場を離れるわけにはいかなかった。

そして、そんな考えなど、村田姉妹はとうに見抜いている。

ニヤニヤ笑いながら教室を見渡す村田（姉）。

「まぁ、義理チョコじゃないのも紛れてるみたいだけどね」

「ちょっ、お姉ちゃん、それ言ったらダメな奴じゃね？」

村田姉妹の会話が決定打だったのだろう。

残った男子生徒たちも立ち上がり、教室を出て行く。

ちなみに村田姉妹の「義理チョコじゃないのも紛れている」発言は嘘である。

そして男子生徒も、それが嘘であることは何となく気づいている。

だが男には罠と分かっていても、立ち向かわねばならない時がある。きっと今がその時なのだろう。

教室から男子生徒が次々と出て行く。

「僕も向かった方が良いのかな」

立ち上がろうとするオタク君に対し、テンパってあたふたしながらどうにか止めようとして何も言えない優愛。

大事な時に失敗するダメな子である。

「あー、チョコ貰ってる奴の分はないみたいだよ」

「小田倉君、ウチらから貰っといて、それは欲張りだって」

「あっ、そうなんですか」

恥ずかしそうに座りなおすオタク君。

村田姉妹ナイスフォローである。

「それじゃウチらも配りに行って来るから」

教室のドアが閉められる。

教室に残ったのは、オタク君と優愛の二人きりである。

そう、女子たちの狙い通りに。

明らかにオタク君にチョコを渡したそうにしている優愛だが、周りを気にして渡せず仕舞いなのを女子たちは何となく勘づいていた。

ならば放課後にさっさと教室から出てやろうとしたが、一部の男子たちが居残っているのを見かけ、急遽（きゅうきょ）チョコ配り作戦が立てられたのだ。

作戦は見事に成功し、教室から男子たちを追いやることに成功した。

もしかしたら、作戦に気づいた上で出て行った男子もいるかもしれない。

なんせオタク君に付きまとうように、優愛が教室に残っているのだから。

二人きりになった教室で、会話が途切れた事により沈黙してしまうオタク君と優愛。

「皆行っちゃいましたね」

「そうだね」

会話が上手く続かない。

頬を掻いてどうしようか悩むオタク君と、髪をくるくると指先で弄る優愛。

(もしかしたら、僕にチョコ作って来てくれてて、渡すタイミングを探してるのかな?)

オタク君、これだけ分かりやすい展開だというのにいまだに確信を持てない。

というのも、出会ったばかりの頃の優愛の印象が強すぎるからだ。

(メイド服を着て「お帰りなさいませご主人様、イェーイ」とか、自分から「頭撫でて」って言って来る優愛さんがまさか)

出会った頃の優愛は、オタク君に対して恋愛感情がなかった。なので気にせず言えただけである。

当然、オタク君はそんな事に気づいていない。

(ヤバイヤバイ。オタク君と会話が途切れちゃったし。早くチョコ渡さないとタイミングもうなくない？）

心臓が爆発しそうなほどに脈打つ優愛。

ここでチョコを渡せば良いだけなのだが、中々切り出せずにいた。

（ってか村田姉妹から貰ったって、もしかしてオタク君って……そういえば図書館で村田姉と妙に仲良かったし）

好きな人は凄く魅力的に見える。故に、他の人も好きなのではないかという邪推をしてしまうものである。

村田姉妹のフォローが、ここに来て悪手へと変わってしまっていた。

不意にオタク君のスマホが鳴り響く。

どうやらメッセージが来ていたようだ。

チョバムからで「今日は部室に来ないの？」という内容である。

「そろそろ部室行きますけど、優愛さんは？」

「あー……用事があるから今日は真っ直ぐ帰るかな？」

優愛、別に用事は何もない。思わず嘘を吐いてしまったのだ。

これ以上悩んでも、もうチョコを渡せない。一緒にいると辛くなりそうで、つい用事があると言ってしまったのだ。

「そうですか」

「うん」

「分かりました」

荷物をまとめ、立ち上がろうとする優愛に、オタク君が声をかける。

「じゃあ、チョバムやエンジンに渡すチョコとかあったら受け取っておきますよ？」

友人をダシに使ってはいるが、オタク君の精一杯の勇気である。

もしここで「そんなのないよ？」と言われたら、オタク君は部室に行かず、そのまま帰って布団の中で今日一日悶え死ぬくらいの覚悟の発言である。

オタク君、冷静を装ってはいるが、目線がキョロついている。

「あっ、うん。あるよ。オタク君の分も！」

優愛は慌ててカバンをガサゴソと漁り、小さな透明の袋を二つ取り出した。

中にはチョコが数個入っている。

「これ、チョバム君とエンジン君の分ね」

「あ、はい」

「それと、これはオタク君の分」

顔を赤くした優愛がカバンから箱を取り出す。

箱のサイズは、授業で使うノートくらいの大きさはある。

「あっ、勘違いしないでね。たまたま入れる容器がこれしかなかっただけだから」

勘違いするなという方が無理である。

受け取った際に感じる重みは、相当である。

なんなら中身は大きなハートで愛の重みも十分にある。

「そうなんですか。ありがたく頂きます」

卒業証書授与式のような受け取り方をするオタク君。

一日中仏頂面をしていた優愛だったが、やっとオタク君に渡せた安堵から笑みが零れる。

そんな優愛の笑顔に、思わず見とれるオタク君。

「どうしたの？」

チョコを受け取り、固まったオタク君を覗き込む優愛。

もしかしたら嬉しくなかったのかなと不安になったが故の行動だが、オタク君を余計にドキドキとさせてしまう。

「えっと、中身見ても良いですか？」

「う、うん。良いよ」

見られたら恥ずかしいという気持ちと、見て欲しい気持ちがせめぎ合う優愛。

オタク君が丁寧に包装を解くと、中からはデカいハートのチョコが出て来た。

「大きいですね」

思わずオタク君の口から素直な感想が漏れる。

最初に出てきた感想がそれかと思うが、大きいのだから仕方がない。

「えっとね、これは材料がいっぱいあって余ったら勿体ないなって思って作ったらこのサイズになっちゃって」

「そ、そうなんですか」

優愛、顔を真っ赤にしながら、早口である。

深い意味はないんだからねと何度も念を押され、その度にコクコクと頷くオタク君。

「これだけ大きいと一人じゃ食べきれないので、優愛さん一緒に食べませんか？」

「そうだね！　これだけ大きいと一人じゃ食べづらいしね！」

二人は席について、チョコをパキパキと割りながら食べ始める。

「美味しいですね」

「うん。初めてだから不安だったけど、どうかな？」

「これ初めてだったんですか？　凄い上手に出来てるじゃないですか！」

自然と会話が弾むオタク君と優愛。

そんな二人を、教室の外からこっそり覗く影があった。

村田姉妹である。

彼女たちがチョコ配り作戦の立案者である。

そんな作戦に何故クラスの女子たちも乗ったのか？

「男子を教室から追い出すためにチョコ配り作戦して正解だったっしょ」

「良いもの見れたし、後で他の子たちにも報告しないとね」

他人の恋バナという娯楽のためである。

動機はともかく、優愛にとっては結果オーライなのだから、とにかくヨシである。

オタク君と優愛が教室で仲良くチョコを食べている一方で、第2文芸部は異様な空気になっていた。

「チョバム氏、今日はバレンタインですぞ！」

「そうでござるな。勿論拙者は収穫なしでござる！」

「某もですぞ！」

ですよねーと言いながら豪快に笑うチョバムとエンジン。

彼らはそもそも、自分たちがチョコを貰う側などと一ミリも思っていないため、心穏やかな気分で今日を過ごしていた。

「小田倉殿はまだ来ていないでござるな」

「今頃小田倉氏は、鳴海氏や、姫野氏に『どっち⁉』と迫られてる頃ですぞ」

「なんなら委員長殿も交えて、三すくみかもしれないでござるよ」

そしてまた、ですよねーと言いながら豪快に笑うチョバムとエンジン。

モテる男は大変だなと笑いながら、いつものようにPCをつけて椅子に座る。

PCの起動音と共に、少し控えめな音を立て、第2文芸部の扉が開かれた。

「あれ、小田倉や優愛はまだか？」

そう言って扉から顔を出すリコ。

普段は優愛やオタク君と一緒に来るのに、珍しく一人である。

「ま、まだ来てないでござるよ」

「そうか」

そのまま部室の中へ入り、チョバムたちの対面に座るリコ。

何かを言おうとして、口を開けようとするが、結局何も言わず、机に片肘をつきチョバムたちから目を逸らしてしまう。

普段は優愛がガンガン喋るので、それに合わせて喋るリコだが、一人になると彼女は大人しい性格なのだ。

オタク君も優愛もいない状況でこの二人と一緒になった事がないので、どう話しかければ良いか考えあぐねた様子である。

同じくチョバムとエンジンも沈黙していた。どんな話題を振れば良いか分からないからだ。

別にお互い嫌っているわけではない、なんならコミフェの一件もあり良好な関係と言っても良いだろう。

だが、お互いが出方を窺った結果、物凄く気まずい沈黙が出来てしまった。

「あのさ」

「は、はいですぞ！」

「お前たちにもバレンタインのクッキー作って来たけど、食べるか？」

「おぉ！　それはありがたく頂きますでござる！」

わざとらしいくらいにテンションを上げるチョバム。

わざとらしいが、実は本当にテンションが上がっていたりする。

そんなわざとらしい喜び方が面白かったのか、それとも先ほどまでの空気とのギャップが面白かったのか、思わずクスリと笑うリコ。

「それならお茶請けに合うお茶が必要でござるな！　自転車置き場にある自販機で飲み物を買って来るでござる！」

リコが笑った事で、チョバムのテンションはただ上がりである。

立ち上がり良く分からないダンスをしながら扉まで向かう。

そんな彼の様子を見て「なんだよそれ」と言ってまたリコが笑う。

チョバムは今、赤面していた！

それに気づくが、あえて気づかない振りをして、リコと共にガハハと笑うエンジン。

「後で小田倉殿と鳴海殿も来るだろうから、二人の分も合わせて買って来るでござるよ」

「私の分もお願いします」

チョバムが部室の扉に手をかけようとしたところで、音もなく扉が開かれる。

開けたのはドピンク頭に地雷系メイクが特徴の委員長である。

「ヒィイイイィ」

突然の登場に驚くチョバム。

赤かった顔が一気に青ざめていく。

リコとエンジンも流石に驚いたのか、声を失っていた。

「どうしたの？　大丈夫？」

「だ、大丈夫でござるよ」

あははと、やや震え声で笑いながら立ち上がるチョバム。

「私も二人の分もチョコ作って来たから」

カバンから可愛(かわい)らしいラッピングに包まれたチョコが出てくる。

どうやらチョバムとエンジン、それぞれの分が作られてあるようだ。

「それはありがたいでござる。それじゃあ拙者ひとっ走りしてくるから、エンジン殿、後は任せたでござる！」

こんな状況で置いて行くのかよと、絶望した顔でエンジンが見送る。

チョバムが両手にコーヒーや紅茶を持ち戻ってくるのは、数分後であった。

第2文芸部では、リコの手作りクッキー、委員長の手作りチョコレートでささやかなパーティが開かれていた。

もそもそとクッキーやチョコを食べるチョバムとエンジン。

その様子を見守るリコ……を見守る委員長。

（めっちゃ見てるんだけど）

リコ、チョバム、エンジンの心が一つになった瞬間である。

リコの隣で、穴が開くのではないかというくらい、黙ってリコを見つめ続ける委員長。

（この前小田倉君とキスしたって言ってたの、この場で聞くのは流石にダメだよね）

リコがオタク君とキスしたという話が気になって仕方がない委員長。

だが、チョバムやエンジンがいるから、遠慮をして聞けないのである。

それでも気になるので、聞くタイミングがないかと思わずリコをチラ見（本人談）してしまっているのである。

「このクッキー美味しいですな。姫野氏は普段からお菓子作りしてたりするのですかな？」

「い、いや、初めてだよ」

「すごく美味しいでござるよ。勿論委員長殿のチョコも美味しいでござる」

「……うん。そう」

（訳：本当？　嬉しい！）

完全に委員長のペースに飲まれつつある第2文芸部。

逃げ出そうにも逃げられない雰囲気である。

もしここでチョバムやエンジンがアニメやラノベの話をすれば、リコと委員長も食いつき、空気も華やいだだろう。

しかし彼らはオタク君抜きでリコたちの前でオタクな話をする度胸はない。優愛やリコがオタクに寛容なのは分かっていても、オタク君がいないとどうしても上手く喋れない。

そしてリコと委員長も、表立ってオタクをしているわけではない。

チョバムやエンジンのような隠れオタクに近いので、オタク発言が出来ないでいる。

結果、全員が共通の趣味嗜好を持っておりながら、完全に交わらない平行線になってしまっていた。

「そういえば、小田倉殿遅いでござるね。拙者メッセージ送っておくでござるよ」

結局オタク君が来たのは、チョバムがメッセージを送って十分以上してからだった。

何も知らず、にこやかに部室に入ってくるオタク君。

「お待たせ。リコさんと委員長も来てたんだ」

部屋の奥側にチョバムとエンジンが座っており、対面にリコと委員長が座っている。

ならば自分は奥側のチョバムたちのところに座ろう。そう思ってリコたちを避けるように壁際に移動していく。

「「どうぞ」」

そんなオタク君を逃がすまいと、リコと委員長が同時に椅子を引いた。

椅子が引かれたのはリコと委員長の間の席である。

困った顔で頬を掻くオタク君に対し、「どうぞ」というよりも「そこに座れ」と言わんばかりに指さすチョバムとエンジン。

促されるままにリコと委員長の間にある椅子に座るオタク君。リコと委員長に挟まれ両手に花である。

異様な空気に包まれた第2文芸部。

微妙な空気を感じ、誰も言葉を発しない。いや、発せない。

結果、自然と視線はオタク君に集まっていく。

会話の主導権はオタク君に握られたが、状況が分からないオタク君は苦笑いをするばかりである。

何かあったのかと聞きたいところではあるが、この状況はどこかに地雷が埋まっている事にオタク君は勘づいていた。

オタク君は鈍感であるが、気が利く性格なので。

「そうだ。優愛さんからチョバムとエンジンの分のチョコを預かって来たよ」

なので、当たり障りのない会話から始めたオタク君。

優愛から預かっていたチョコをカバンの中から取り出すと、チョバムとエンジンの前に置いた。

その様子を黙って見つめるリコと委員長。

優愛からどんなチョコを貰ったか、それはチョバムやエンジンと同じものなのか聞きたいようだが、流石にそんな事を聞くほど彼女たちは無遠慮ではない。

なんとか会話の糸口が摑めたチョバムとエンジン。

これでようやくこの空気からおさらば出来ると、心の中で安堵のため息を吐く。

「おぉ、ありがたく頂きますぞ」

「可愛らしい包装でござるな。小田倉殿も鳴海殿から同じものを頂いたでござるか？」

が、直後に地雷を踏みぬくチョバム。

リコと委員長の目が光ったのは、きっと気のせいだろう。

「えっ、あぁうん。同じものだよ」

そして、思わずキョドりながら嘘を吐いてしまったオタク君。

完全に悪手である。

その場にいた全員が、オタク君が嘘を言ったであろうことに気づく。

自分が地雷を踏んだことに気づいたチョバム。なので、名誉挽回と言わんばかりにフォローの言葉をかける。

「そ、そうでござるか。そういえば今日は来るのが遅かったでござるな」

「あぁ、うん。教室で優愛さんと貰ったチョコを食べてたから」

更に地雷を踏みぬくオタク君とチョバム。もはや地雷の上でタップダンスである。

オタク君とチョバムの会話で誰もが思った。

チョバムとエンジンに渡されたチョコは数個入っている程度。

同じものを貰ったと言っているが、それをわざわざ二人で食べたのか？

そして、二人でチョコを食べたにしては時間がかかっている。たとえチョバムやエンジンと違うチョコを貰ったとしてもだ。

オタク君と同じクラスの委員長は、もっと早く部室に来ているというのに。

普段なら、おしゃべりな優愛の相手をしていたのだと考えるだろう。

だが、今日に限ってはその空白の時間が気になってしまう。

おそらく本命のチョコを貰い、空白の時間に優愛と何をしていたのか。

またもや変な空気が流れる第2文芸部。

その流れを変えるべく、エンジンが口を開いた。

「小田倉氏、そう言えば姫野氏と委員長氏もバレンタインのプレゼントを持ってきてくれてますぞ」

「小田倉、クッキー作って来たんだ。食べるか？」

「そうなんですか。それじゃあ飲み物を買って……」

「ハイコレ、小田倉氏の分ですぞ」

逃がさんと言わんばかりに、オタク君に缶コーヒーをドンと差し出すエンジン。

事前にオタク君の飲み物も買っておいて正解だっただろう。

もしここでオタク君が飲み物を買いに行ったら、リコか委員長が「どんなチョコを貰ったんだろう」と言って、空気が更に重くなっていたに違いない。

缶コーヒーを受け取るオタク君。

彼が缶コーヒーの蓋を開けるのを見て、リコがカバンから包装したクッキーを取り出した。

　チョバムやエンジンに渡したのと同じものである。

「貰って良いかな？」

「あぁ……」

　一瞬固まったリコに対し、どうしたのといった表情を浮かべるオタク君。

　リコが意を決したように、クッキーを親指と人差し指で摘(つ)まみ一つ取り出す。

「ほら、あーん」

「えっ」

「食べるんだろ。ほら」

「あっ、はい。あーん」

　リコ、攻めの姿勢である。

　優愛の前ならまだしも、チョバムやエンジン、なんなら委員長がいる前だというのに大胆(だいたん)である。

（流石にこいつらの前でやるのは恥ずかしいな。ったく何やってんだアタシは）

　本人も何故そんな大胆な行動に出たか良く分かっていないようだ。

　鬼気迫るようなリコの表情に圧倒されながら、口を開けてクッキーをあーんしてもらうオタク君。

　そのままもごもごと咀嚼(そしゃく)し、缶コーヒーで流し込む。

「うん。美味しいです」

「そうか」

オタク君の言葉にちょっとだけ笑顔になったリコが、もう一つクッキーを摘まむ。

が、反対側から肩を叩かれるオタク君。

「委員長？　どうしました？」

「あーん？」

首を傾げ、なぜか疑問形でチョコを差し出してくる委員長。

リコからあーんしてもらっておいて、委員長からのあーんを断るわけにもいかず口を開けてチョコを頬張るオタク君。

モゴモゴと咀嚼し、缶コーヒーで流し込む。

「委員長のチョコも美味しいですね」

「……うん」

委員長、そのまま続けざまにチョコをもう一つ。といくわけもなく。

「ほら、小田倉。今度はこっちだ」

今度は反対側のリコからクッキーをあーんされる。

「小田倉君。こっちも」

リコが終われば委員長から催促される。

交互にあーんされるオタク君。

その様子を、出来るだけ見ないようにしてチョコを食べるチョバムとエンジン。

本来なら羨ましいシチエーションのはずが、修羅場に見えて仕方がないのである。

多分彼らの目には、リコと委員長の後ろに龍と虎の幻影が見えているのだろう。

暫くして、オタク君がクッキーとチョコを食べ終える。

「そういえば昨日のアニメ見た？」

このオタク君の一言で、やっと空気は変えられた。

そのまま下校時刻まで、アニメや漫画の事で会話が弾む。

チャイムが鳴り、アタシは帰るけど」

「もう時間か、アタシは帰るけど」

「僕はチョバムたちと寄ってく所があるから、このまま部室の鍵を返却しに行くよ」

「そうか。またな」

またねと手を振って、オタク君はチョバムとエンジンと共に職員室へ向かって行く。

「姫野さん、一緒に帰りましょうか」

「あ、あぁ、そうだな」

オタク君がいた時は委員長とも会話が出来たが、オタク君がいなくなるとどう話しかければ良いか悩むリコ。

委員長も同じく話しかけるタイミングが掴めず、無言のまま校門に向かって歩く二人。

「アタシは家あっちの方だけど」

「私はこっち」

お互いに反対方向を指さす。

校門を抜ければ、そのままさよならである。

じゃあと言って手を上げようとしたリコを、委員長が呼び止める。

「姫野さんは」

「ん？」

「姫野さんは、小田倉君の事好きなの？」

「えっ、なんでだよ」

委員長の質問に、つい質問で返してしまうリコ。

質問で返された委員長、気にせずリコに答える。

「だって、さっきあーんとかしてたし」

「それを言ったら、委員長もだろ？」

誤魔化すように軽く笑うリコ。目は笑っていないが。

対して委員長は笑ってすらいない。無表情である。

「そっちこそ、小田倉の事、好きなのか？」

「……分からない」

「そうか」

そして、しばしの沈黙。

先に口を開いたのは委員長だった。

委員長が手を上げると、一瞬リコが体をびくつかせる。

「それじゃあ、私こっちだから」

「あっ、あぁ。またな」

「うん。またね」

軽く手を振って、リコとは反対方向に歩いて行く委員長。

無表情のまま歩くが、段々と顔が紅潮(こうちょう)していく。

(私、なんで姫野さんが小田倉君の事好きか気になったんだろう)

閑話　[真剣(マジ)で私に撫でなさい!]

バレンタインから数日後。

第2文芸部の部室にはオタク君、優愛(ゆあ)、リコが来ていた。

「あれ?　チョバム君とエンジン君は?」

「あぁ、新作ゲームの発売日だから今日は来ないってさ」

「そうなんだ」

新作のゲームを一秒でも早くやりたいのは、オタクの性(さが)というもの。

しかし、最近ではダウンロード版もあるのに、何故(なぜ)わざわざ発売日に買いに行くのか?

彼らが買いに行くのは、PC用のゲームだからである!

PC用ゲームの場合は、初回版の特典が、ダウンロード版には付いてこない。

なので買いに行くしかないのである。

では配送を頼めば良いと思うだろうが、実家暮らしの高校生に配送は危険なのである。

何故危険か?

最近では減っているが、宅配テロと呼ばれるものがある。

品名欄にデカデカと内容物を書かれるという恐ろしいもので、家族に見られて困る内容の物であればあるほど、危険度が跳ね上がる。

かつては「〇〇（キャラクター名）ぽっかぽか添い寝シーツ」とドデカく書かれた箱で送られる等、数多のオタクたちがこの宅配テロによって屍を晒して来た。

なので配送を頼んで中身がバレたら困る。彼らが買いに行った物は、そういう物である。

新作の発売日にチョバムとエンジンがいない事はしばしばあるので、特に気にする様子のない優愛とリコ。

特に二人がいない事には言及せず、話題が変わる。

「そういえばテストの結果はどうでした？」

今年度最後のテスト、学年末試験。

もしこれで単位を落とそうものなら、進級が困難になる。

優愛とリコの顔を見る限り、絶望した様子はない。

なので話題に出しても問題ないとオタク君は判断したようだ。

優愛がドヤ顔で返却されたテスト用紙を机の上に並べる。

ドヤ顔の割には、どれも平均の50点前後である。

まぁ、最初の頃に勉強してなくてオタク君に泣きつき、なんとか赤点と平均点の中間程度の点を取っていた頃と比べれば、天と地の差である。

決して良い成績とは言えないが、進級は問題なく出来るレベルだ。

「よく頑張りましたね」

「でしょ⁉」

ふふんと胸を張りながら、オタク君にすりすりとくっ付く優愛。

優愛の距離の近さに、思わず固まってしまうオタク君。

「オタク君。頑張った子にはどうするんだっけ？」

ほらほらと言いながら頭を差し出す優愛。オタク君に頭を撫(な)でろと態度で示している。

当然その程度分からないオタク君ではないが、それでもオロオロとしてしまう。

優愛やリコとのスキンシップを経て、一年経(た)ってもまだこれである。

「フーン」

そんな二人を、文字通り引き裂くリコ。

そのままオタク君と優愛の間を通り、机の上にある、優愛のテスト用紙の上に、自分のテスト用紙を重ねる。

どれも60～70点台である。

「じゃあ、頑張ったアタシにも権利があるよな」

「むむっ！」

優愛とリコから「どっち⁉」と詰め寄られ、苦笑いであははと誤魔化そうとするオタク君。

だが、そんな事で止まるわけもなく、優愛とリコの猛攻は続く。

「小田倉は、どっちが頑張ったと思う？　当然テストの点数が高い方だよな？」

「そんな事なくない⁉　私のが頑張ってるよね⁉」

普通に考えれば、テストの点数が高いリコの方が頑張ってると言える。

だが、ここでリコの方が頑張ってると言えば優愛のモチベは一気に下がるだろう。

しかし、優愛の方が頑張っていると言われて、リコが納得するわけもなく途方に暮れるオタク君。

「どっちも頑張ってるじゃダメですか？」

「「ダメ！」」

今のオタク君の発言を肯定しておけば、二人とも撫でて貰える結果になっていた。

だというのに、張り合っている二人は冷静な判断が出来なくなっていた。完全なミスである。

「ウチの学校のテストが難しいのは知ってるだろ」

そう、オタク君の学校の定期テストは難しいのだ。

場合によっては平均点が40点になる事もあるほどに。

「それはそうですが……」

それはオタク君も優愛も痛いほどに分かっている。

むぅと唸るばかりで優愛は言い返せず、勝ちを確信するリコ。

そこに、物言いが入る。

突如バンッと掃除用具入れの扉が開かれた。

驚きの声を一瞬上げ、思わず掃除用具入れに注目するオタク君たち。

ゆっくりと掃除用具入れから出て来たのは、委員長である。

固唾を呑んで見守るオタク君たちに目もくれず、テスト用紙が置かれた机に近づいていく。

そして、優愛とリコのテスト用紙の上に、委員長が自分のテスト用紙を重ねていく。

テストはどれも80点台である。

「頑張ったご褒美」

そう言って、無表情のまま頭を差し出す委員長。

「あっ、うん」

促されるままにオタク君が頭を撫でると、少しだけ満足そうに委員長が微笑む。

完全に出鼻をくじかれ、言葉が出ないまま、二人の様子を口をパクパクさせながら見守る優愛とリコ。

しばらくオタク君に撫でられ、満足したのか自分のテスト用紙を回収する委員長。

そのまま第2文芸部の扉を開き「それじゃ。またね」と言って出て行った。

扉が閉まり、委員長が離れ数分してからやっと言葉が出る。

「そういえば、そろそろリコさんの誕生日ですね」

「そ、そうだな」

その後はテストの話題に触れないように会話が続いた。三人ともそんな気配を感じていたのだろう。テストの話題を出したら、また委員長が出てくる。

そんなオタク君たちの気持ちなどつゆ知らず、委員長は満足げに真っ直ぐ帰宅していた。

(今日は小田倉君に撫でてもらったし、掃除用具入れから飛び出し作戦も成功した。ヨシ!)

ちなみに優愛とリコは、後日オタク君と二人きりの時に、なんだかんだ言って頭を撫でてもらったようだ。

第７章

『今週はリコさんの誕生日でしたよね。プレゼント一緒に選びたいので、良ければ今週末にデートに行きませんか？』

オタク君。誰に言われるまでもなく、自ら動いてデートに誘えるほどに成長していた。

誘うぞと決めてから三日後の事だが、それでも成長は成長である。

スマホの画面をチラチラ見ながら返事を待つオタク君。

『良いよ。どこに行く？』

リコから返事が来たのは、オタク君がメッセージを送ってから丁度五分後の事だった。

行き先をリコが行きたい場所に指定しようとしていたオタク君だが「どこに行く？」により、その選択肢は消えた。

「どうしようか」

机に突っ伏して頭を抱えるオタク君。

誘う事ばかり意識しすぎて、誘った後の事を考えていなかったようだ。

どこに誘えば喜ぶだろうか、最近の女子高生のトレンド等を調べに調べたオタク君がたどり着いた答え。

『商店街に行きましょうか？』

いつもの商店街である。

どこに行けば良いか分からない。

なので、お店が沢山ある商店街なら、どこかリコが気に入る店があるだろうという物量作戦である。

『分かった』

リコから返事が来たのは、オタク君がメッセージを送ってから丁度五分後の事だった。

五分後。

『それでは朝十時で。家まで迎えに行った方が良いですか？』

『いや、商店街の前で待っててくれれば良いよ』

早く返信をするとがっついていると思われそうだ。

そう思い、あえて五分待ってから返事をしているのだ。

毎回キッチリ五分後に返事をしていたら、それはそれでどうかと思うが。

まぁ本人がそれで良いのならそれで良いのだろう。オタク君も気にした様子はないわけだし。

何はともあれ、オタク君はリコとデートの約束を取り付ける事に成功した。

そして当日。

商店街の近くにある観音様。

そこで待ち合わせをしているカップルたち。

その中に、オタク君はいた。

「ちょっと早く来ちゃったかな」

二十分前に到着である。

電車に乗り遅れたりする場合もあるので、丁度良い時間ではある。

「お待たせ。待ったか？」

「いえ、今来たところです」

遅れる事十分。リコの到着である。

普段とは違い、ひらひらしたミニスカートである。

この時期ではミニスカートは寒そうであるが、ニーハイソックスを履いて防寒対策はバッチリである。

ついでに絶対領域でオタク君へのアプローチもバッチリである。

「今日は可愛い格好ですね」

オタク君、鈍感ではあるが気が利く性格なので、リコの格好が普段と違う事に気づき早速褒める。

言ってる事は良い男なのだが、目線はチラチラと絶対領域に向かっている。

目の前で美少女がオタク受けの格好をしているのだから、仕方がない。

当然、リコもそれに気づいている。

が、気づいた上で指摘なんて無粋な真似はしない。

「まぁ、たまにはな」

リコはニカッと笑みを浮かべ、スカートの端を摘まみ、どうよと言わんばかりに絶対領域を見せてくる。

言動共に、良い女である。オタク君の目線は見事に釘付けである。

「行きたい所があるんだけど、良いか？」

「あっ、はい良いですよ。それじゃあ行きましょうか」

オタク君の反応に満足したリコが商店街に向かうのに合わせ、隣をオタク君が歩幅を合わせて歩いて行く。

一方その頃。

「瑠璃子も小田倉も来るの遅くない？」

「待ち合わせ時間が違うんじゃないかな？」

「マジか、でもあの二人なら時間よりも早く来てると思うんだけどな」

リコのクラスメイトの友人たちは、大時計の前でリコとオタク君が来るのを見張っていた。デートの覗き見をするために。

ここ数日でリコの反応が怪しくなった事により、彼女たちはリコがオタク君とデートする事を感づいていた。

だが場所に関しては分からなかったようだ。前回オタク君が優愛(ゆあ)と待ち合わせをしていた大時計に来ると思っているようだが、完全にハズレである。

オタク君とリコのデートの行方は、オタク君とリコしか知らない。

「リコさんの行きたい所って、ここですか」

「あぁ、そうだよ」

優愛と比べればギャル度が下がるリコ。

だが、それでも彼女はギャルである。ＪＫである。

そんなリコが選んだ場所は、電器屋だった。

大型の電化製品ショップである。

とはいえ、スマホのケース等も売っている。なので女子高生が来てもおかしくない。

ならばデートで来てもおかしくない。オタク君はそう自分に言い聞かせる。

まさか、ＰＣを選びたいから連れてきたわけではあるまい。

それなりにＰＣの知識があるオタク君だから、もしＰＣ選びで来たとしても、普段ならそれで構わない。

だが、今日はリコの誕生日である。

流石(さすが)にＰＣは、学生の誕生日プレゼントの範疇(はんちゅう)を超えているだろう。

だからと言って、自分が何も払わないのは居心地が悪い。

せめてオーディオのスピーカーが欲しいとか、そのレベルであってくれと祈るオタク君。

「何か気になる物でもあるんですか？」

「あぁ、液晶タブレットってやつだよ」

「ッ⁉」

リコの口から出たのは、想定外の答えだった。

液晶タブレット、通称『液タブ』。

アマチュアからプロまで、幅広く愛されるデジタルイラストを描くための道具の一種である。

「なんで液タブを？」

「前に同人誌作ったろ？　その時、エンジンにタブレット借りて絵を描いてみたんだけど、上手く描けなくてさ」

ペン入れをする程度ならエンジンのタブレットでも事足りたが、普通にイラストを描こうとすると微妙なラグが出て描きづらかったりする。

どうやらその微妙なラグが、リコはどうしても慣れなかったようだ。

まぁ、エンジンのタブレットが古いと言うのもあるのだが。

「というかリコさん、絵を描いてたんですね」

「ま、まぁちょっとな」

オタク君から借りた漫画で、同人を題材にしている物があり、それで絵に興味を持ったリコ。

そしてオタク君たちと同人誌を作っている内に、感化されたのだ。

「それじゃあスキャナーはどうです？」

「あんなバカデカい音を立ててたら、家族に怪しまれるだろ」

「確かに」

どうやら絵を描いている事は、家族に秘密にしたいようだ。

それならたとえスキャナーの音の問題を回避できたとしても、万が一イラストを描いた紙を見られれば終わりである。ならばタブレットの方が良いだろう。

「そうですね。でしたら、早速液タブを見に行きましょうか」

「あぁ！」

リコがイラストを描くと知り、ちょっとテンションが上がったオタク君。

彼は女の子とこういった会話をするのに、憧（あこが）れていたのだ。

高校に入って隠れオタクのような部で、同じ隠れオタクのような女の子と過ごす青春。

そんな、オタクなら誰もが夢見るような話。それが今、現実となっている。

イラストについて語り始め普段よりも早口になるオタク君に、リコも思わず早口になる。

二人とも格好こそ一般人だが、会話内容は完全にオタクである。

「へぇ、色んな種類があるんだな」

おしゃべりをしている間に目的地についたようだ。

大小さまざまな液晶タブレットが置かれたスペースがある。

どれも試し書きOKで、前の客が書いたであろうイラストが残っていたりする。

「早速試してみましょう！」

「あぁ」

ペンタブを握り、早速適当に絵を描くリコ。

「わぁ……」

思わず声が出るオタク君。

リコのイラストは、エンジンと遜色ない上手さであった。

オタク君から借りた漫画の影響か、それとも同人誌の手伝いの影響か、絵柄は萌え絵に近い。

だが、それでいて女性特有の繊細な筆遣いが窺えるイラストである。

描いているリコはというと、少々首を傾げている。

「どうかしたんですか？」

「いや、紙のような感覚って書いてあったけど、ちょっと画用紙に鉛筆で描いてる感じだなって思って」

凹凸の問題だろう。

引っかかりが大きい分、普通の紙と比べれば違和感は出てしまう。

「描きづらいですか？」

「いや、違和感がちょっとあるだけで、これなら全然描けるな」

「なるほど。ところでリコさんイラスト上手ですね」

「そ、そうかぁ？」

言葉では否定気味だが、顔はにやけているリコ。

完全に嬉しいヤツである。

「そ、それじゃあこれ買おうか……な……」

絵を褒められたことに浮かれながら、液タブの値段を見て固まるリコ。

お値段二十万超えである。ラグがないわけである。

リコとおしゃべりに夢中で、テンションが上がっていたオタク君。

液タブがいくらするか忘れていたようだ。

「「…………」」

値段を見て固まる二人。

周りの液タブの値段を見るが、安くても四万以上である。

とても学生が気軽に買える値段ではない。

ならば液タブではなく、普通のタブレットにイラストソフトを入れてと考えたが、それなりの性能がなければエンジンのタブレットと同じ結果である。

「あっ、そうだ。ならこっちの板タブを試してみませんか？」

「板タブ？」

液晶タブレットは直接液晶画面に描くことが出来るが、板タブレットは言ってしまえばマウスパッドのようなものだ。

ペン型のマウスを使うための専用マウスパッドである。

値段は比較的安価で、大きめのサイズを選んでもあまり高くならない。

ただしPCのモニタを見ながら描くことになるので、少々慣れは必要である。

「板タブねぇ……」

最初に液タブを触ってしまったせいか、やはり板タブは違和感があるようだ。

PCの画面を見ながら、ぐるぐると円を描いてみたり、文字を書いてみたりするリコ。

最初はテンションが低めのリコだったが、少しずつ慣れて来たのか、画面にイラストを描き始めた。

数分後には、液タブで描いたイラストと遜色ないレベルのイラストが出来上がっていた。

「これ、慣れれば使いやすくて良いな」

だが、値段は一万五千円。

液タブより安いとはいえ、それでもリコの頰(ほお)をピクつかせてしまう値段である。

「リコさん。同じ性能で、サイズが違うだけのもありますよ」

「本当か⁉」

先ほどリコが使っていた物よりも一回りほど小さいが、値段も半分以下である。十分にお手頃と言える。

近くの店員を呼び、中身を見せてもらう。

軽く手に持ち頷くリコ。どうやら納得できるサイズだったようだ。

「それじゃあ、これ買ってきますね」

「えっ、良いのか？」

良いも何も、誕生日プレゼントを選ぶために一緒に来たのだ。ダメなわけがない。

オタク君の誕生日にプレゼントされたスニーカーも似たような値段なのだから、遠慮する必要はない。

とはいえ、目の前で金額を見ると、買ってもらうのを躊躇ってしまうのは仕方がないというものだろう。

「はい、勿論ですよ」

「お、おう」

当然ですと言わんばかりに、ニコリと微笑むオタク君に、思わず口ごもるリコ。

目の前に店員がいるというのに、見事なイチャつきようである。

初々しいカップルに、店員も思わずホッコリである。

「お買い上げ、ありがとうございました」

会計をすませ、店を出たオタク君とリコ。

時刻は昼前である。

「どこかでお昼食べて行きませんか？」

「そうだな。それなら行きたい店があるから、付き合ってもらっても良いか？」

「良いですよ」

お昼はリコの希望の店に行く事になったオタク君。

リコと共に向かった先は、漫画喫茶だった。


「ご注文の品をお持ちしました」

オタク君とリコが入ったのは、一般的な漫画喫茶である。

二畳程度のマットスペースを仕切りで個室化し、机とPCが置いてあるだけの空間。

一人でならそこそこの広さを感じるが、二人一緒になると閉塞感が出てしまう。

漫画喫茶なので、完全に個室化は出来ないため、申し訳程度の覗き窓があるが、オタク君が上着をかけて見えなくしている。

決してやましい事をするわけではないが、見られるのは恥ずかしいと感じるのは当然である。

「いただきます」

オタク君たちが注文した料理は、値段の割にはボリュームの少ない、どこからどう見ても冷凍食品である。

オタク君にとってはやや物足りない量ではあるが、リコには十分な量のようだ。

二人は料理を平らげると、リコが早速買ったばかりの板タブを取り出した。

「早速使い方教えて欲しいんだけど、良いか？」

リコが漫画喫茶を選んだ理由は、オタク君に板タブの使い方を教えてもらうためである。

ならばわざわざお金のかかる漫画喫茶でなくても、自宅で良いではないかと思うだろうが、リコの家には家族がいる。

誕生日に男を家に連れ込もうものなら、家族から何を言われるか分からないだろう。

連れ込んだ理由を「板タブの使い方を教えてもらうため」と答えれば、絵を描いている事が家族にバレてしまう。

かと言って理由が言えなければ、邪（よこしま）な目で見られるだろう。

なんなら両親がオタク君に構って、板タブの使い方を教えてもらうどころの話ではなくなってしまう。

かと言ってオタク君の家に行く場合、時間がかかってしまう。

お昼をすませてから行けば、三時は過ぎてしまうだろう。

日が沈むのが早いこの時期に、あまり遅くなるのは宜（よろ）しくない。

なので、漫画喫茶を選んだのだ。

「はい、良いですよ」

何故(なぜ)リコが漫画喫茶を選んだのか、理由を察したオタク君。

リコの言葉に笑顔で頷き、板タブを受け取り、USBをPCに接続する。

そして、適当にフリーのイラストソフトをダウンロードし起動する。

「普通に絵を描くだけじゃなくて、こういう使い方もあるんですよ」

タブレット側に付いているボタンが四つ。

オタク君はそれぞれのボタンの設定を変えていく。

割り当てたのは保存、取り消し、新規レイヤー、レイヤー移動である。

絵描きにとってはこまめな保存は大事である。

唐突に電源が落ちたり、フリーズをした時に保存をしていなかったら、それまでの苦労がパァである。時間をかけてあるほど、その時のショックは比例して大きくなる。

「へぇ、便利だな」

「右手で描きながら、左手でボタンを押すだけで色々出来るので、慣れたらかなり楽ですよ」

その後はイラストソフトの使い方を大まかに教え、気が付けば二時間以上の時間が経(た)っていた。

不意に、オタク君がドキッとする。

今までは集中していたために気にならなかったが、二人は密着しながら作業をしていたのだ。

時には一本のペンを、二人で一緒に握りながら。

集中力が切れ始めたオタク君。

結果、密着しているリコに気が行ってしまうのである。

オタク君の握っているペンを、リコも一緒に握っている。

リコは出来るだけ描きやすいようにと、オタク君の膝の上で、横になっている状態だ。

自分の胸元にリコの頭があり、シャンプーの良い香りをさせているのが余計にオタク君を興奮させる。

リコが何か言っているが、オタク君は頭が回らず「あぁ、はい」と上擦(うわず)った声での回答しか出来なくなっていた。

「小田倉、大丈夫か？」

「えっ、大丈夫ですよ？」

思わずリコから目を背(そむ)けるオタク君。

そんなオタク君の反応で、今の自分の状態にリコも気づいた。

オタク君の膝の上で、ネコのようにくつろいでいる自分に。

お互いに顔を赤くし、気まずい沈黙が流れる。

もしここに誰かがいるか、誰かが来るような場所だったら、リコも一旦(いったん)離れただろう。

だが、今までのリコの行動で分かるだろうが、リコはオタク君と二人きりで誰もいない、誰も来ない空間という条件下においては、物凄く大胆になるのだ。

今がその条件を満たした状態であった。

「メシ食ったから、ちょっと体が熱くなってきたよな」

「そ、そうですね！　ご飯を食べた後って体が温まってきますよね！」

オタク君、もしかしたら自分の顔が赤くなっているかもしれない。

なので、リコの話に乗っておけば顔が赤くなっていたとしても誤魔化せる。そう考えての発言だろう。

だが、それは悪手である。

「アタシも上着を脱ぐかな」

コートを脱ぎ、壁にかけるリコ。

コートの下に着ていたトップスは肩出しの物である。

冬になると厚着になるため、少しの露出でも男子はエロスを感じてしまう時期。

絶対領域に、肩出しのトップス。オタク君には十分な刺激である。

リコの足や肩に釘付けになりそうな目線を、理性でグッとこらえるオタク君。

その一瞬の隙をリコがつく。

「よっと」

「えっ、リコさん？」

オタク君の胡坐の上に座るリコ。

「わりぃ、もしかして重かったか？」

「いえいえ、そんな事全然ないですよ」

悪いと言いながらも、退こうとしないリコ。

オタク君もオタク君で、自分から退かそうとする事はしない。

「それでさ、これってどうやって使うんだ？」

「あぁ、これはですね」

この状況を乗り切るために、絵を描くことに集中しようとするオタク君。

だが、そんな事をさせるほど、リコは甘くなかった。

「んッ⁉」

「どうしたんだ？」

リコは振り返ると、ニマァと笑みを浮かべてオタク君の顔を見る。

オタク君の左腕を、リコは左腕で抱きかかえるように掴んでいた。

まるでこれは自分の物だと主張するかの如くである。勿論狙ってやっている。

普段のリコは大胆ではあるが、ここまで分かりやすい行動はあまり取らない。

多分、男子をからかうのが上手な女の子の漫画を読んだ影響だろう。

「いえ、なんでもないですよ」

リコの行動にモノ申したいオタク君、だが言えばこの状況は終わってしまうかもしれない。

だから、左腕や体にかかる柔らかい重圧を感じながら、必死に冷静に振る舞うのだった。

そんなオタク君を見て、リコは満足していた。

弟に身長を抜かれチビだと言われたり、クラスメイトからも小さい事で弄られる事が多いリコ。

なので、自分が優位に立つ優越感に浸りたかったのだ。

自分の挙動に対し、オタク君がオロオロする姿を見て可愛いと思えば思うほど、リコの心は満たされていく。

恥ずかしがる思春期の少年に接するお姉さんになった気分である。

リコは左腕に力を込めたり、オタク君にもたれ掛かる。

もしここでオタク君が事故を装い胸を触ってしまったとしても、リコはからかうだけで怒らないだろう。

それでもオタク君は、絶対に自分から手を出さない。

ヘタレである。

ヘタレであるが、紳士である。

オタク君をからかっているリコではあるが、彼女はそんなオタク君のヘタレな所に無意識的に甘えているのだ。

結局のところ、リコは甘えん坊なのである。

今まで長女ゆえに、あまり甘える事がなかったリコ、だから甘えん坊な部分は鳴りを潜めていた。

あの日、オタク君がリコの頭を撫でた事で、リコの甘えん坊の部分が出てしまったのだろう。

「おっ、結構上手く描けてないか？」

「そうですね。カラー作業が初めてにしては上出来だと思いますよ」

「そうだろ？」

リコ。無言で頭を差し出し、オタク君に撫でろの催促である。

オタク君としても、役得なので断る理由はない。

二人が漫画喫茶を出たのは、空が暗くなりかけた夕暮れ時だった。

「またな」

「はい。あっそうだ」

「ん？」

「リコさん。お誕生日おめでとうございます」

オタク君の無垢な笑顔に、リコも微笑みを返す。

「あぁ、ありがと」

「家まで送っていきましょうか？」

「んー、家族に見つかったら何言われるか分からないから、やめとくわ」

「そっか、そうですね。それじゃあ気を付けて」

「おう」

軽く手を振って、それぞれ帰路に就く。

家に帰ったリコが今日の事を思い返し、自分の大胆な行動に今更になって羞恥を覚え、ベッドの中でバタバタしていたのは言うまでもない。

閑話　［卒業を教えて］

オタク君の学校では、例に漏れず三月に卒業式がある。

普通は三月一日であるが、今年は土日を挟むために、オタク君の学校では卒業式は三日に行われる事になっている。

二月二十八日（金）。

卒業式の予行練習が終わり、放課後となった。

学校内には、自由登校になっているというのにもかかわらず、数多くの三年生の姿が見受けられる。

卒業する彼らが高校生でいられる時間はもう残り僅（わず）か。

せめて悔（く）いがないようにと、仲間内でだべったり、部活の後輩へ挨拶（あいさつ）をしているのだろう。

別れを惜しむように、すすり泣く声がどこからか聞こえてきたりもする。

そんな中、第2文芸部は平常運転であった。

何故（なぜ）なら、お世話になった先輩がいないからである。

部活も、部員はオタク君たちだけで、上級生は誰もいない。

なので、上級生との思い出は何もなく、感傷に浸るような事はない。

「明日のライブ楽しみでござるな！」

「うん。初めての現地チケットで、前方の席って神すぎない⁉」

「ゴッドですぞ！　小田倉氏isゴッドですぞ！」

卒業式などそっちのけで、オタク君たちは盛り上がっていた。

三人連番の席をオタク君が予約し、抽選の結果良い席が取れたために、彼らのテンションは天井知らずである。

「しかし、夢見輝子殿は顔も声も本当に可愛いですな」

ＰＣの画面には、可愛らしい少女の３Ｄモデルが映し出されている。

その可愛らしい少女の名は夢見輝子。今流行りのＶＴｕｂｅｒである。

チャンネル登録者数は、百万を超えており、特に若い世代を中心に人気を集めている。

ＣＤを出せばオリコン上位に入り込み、コラボをすればコラボ商品が飛ぶように売れるほどである。そんなバーチャルアイドルに、オタク君たちはハマっていた。

普段は人気がありすぎると逆に敬遠してしまう、めんどくさい逆張りオタクなチョバムとエンジンまでもハマっていた。それほどの魅力が、彼女にはあるのだろう。

部室ではＢＧＭ代わりに、彼女の過去のライブ映像が流されている。

明日のライブはどの曲が歌われるか、ＭＣが楽しみだ、ゲストは誰が来るのだろうか等と話題がコロコロ変わり、気づけば先ほどと同じ内容の話をしている。

『夢見た世界はいつでも』

「「フワッフワッ!!」」

『輝くだけじゃ物足りない』

「「フッフー！！！」」

『だから、応援してねーッ！！！』

「「応援するよーッ！！！」」

　普通に雑談をしているオタク君たちだが、曲のコールが始まると唐突に雑談を止め同時にコールをし始める。

　別に取り決めていたわけではない。ただなんとなく、他の二人もやるだろうとそれぞれが思った結果である。

　コールをした後に「何やってるんだよ」と言いながら笑い合う。悲しみとは無縁の空間である。いや、悲しみとは無縁の空間であった。そう、この時までは。

「そう言えば、そろそろ重大発表があると言ってたでござるが、なんでござろうな」

　一旦映像を流すのを止め、椅子に腰を下ろしPCを操作し始めるチョバム。

「重大発表、楽しみですな？」

「ソロでドームライブするよりも驚く事なんてないでしょ」

　どんな報告が来ても、僕たち驚きませんよと言わんばかりのオタク君たち。

情報が早く知りたくてPCの前を陣取っているチョバムとは違い、オタク君とエンジンは明日のサイリウムやグッズの確認作業をしている。

しかし、本音を言えばチョバムと同じように一秒でも早く発表を知りたい。

チェックもザルで、チョバムの様子を横目でチラチラ見ながらの作業である。

「んぎょえー⁉」

唐突に声を上げ、そのまま椅子ごと後ろにバタンと倒れるチョバム。

古臭いリアクションの、とても危ない倒れ方である。

「チョバム何やってんだよ！　危ないだろ？」

「全く、リアクションが大きすぎですぞ」

呆(あき)れながらも、流石(さすが)に危ない倒れ方をしたので心配するオタク君とエンジン。

こんな事でケガをして、明日のライブに行けなくなったら笑い話ではすまない。

「せ、拙者(せっしゃ)は良いからPCの画面を見るでござるよ」

心配する二人に対し、良いからPCを見ろと指さし叫ぶチョバム。

いちいちオーバーだなと思いながら、PCの画面を見たオタク君とエンジン。

「「んぎょえー⁉」」

直後、彼らもチョバムと同じように真後ろに倒れた。

先ほどまでは周りに配慮し、それなりに声量に気を使っていたオタク君たちも、思わず叫んでしまう。

ＰＣの画面には、「重要なお知らせ」とでかでかと書かれている。

その内容は、簡潔に言うと引退である。

『私、夢見輝子は、明日のライブをもちまして卒業する事になりました』

重大発表というので、何かお祝い事かと思っていたのだが、まさかの引退である。

倒れた姿勢のまま、呻き声を上げながらＰＣの画面を指さしたり、顔を見合わせたりしているオタク君たち。

多分お互いに何を言っているのか理解していないだろう。そもそも自分が何を言っているのか理解しているかすら怪しいレベルである。

それほどに唐突の引退宣言だったのだ。

彼らが落ち着きを取り戻すまでに、十数分の時間を要した。

落ち着きは取り戻したが、立ち上がる気にはなれないようだ。

三人揃って川の字で倒れたままである。

「うっぐ……ヒック……」

落ち着くにつれ、現実を受け入れ始め、そして涙するチョバム。

オタク君やエンジンが近くにいるというのに、気にもせずに嗚咽し始める。

「どうして……どうして……」

彼らが夢見輝子を応援し始めたのは、一年ほど前からだ。

年月で言えばそう長いわけではない。

だが、第2文芸部で三人が知り合い、一番初めに話したのが夢見輝子の話題である。

多分、彼が泣いた理由は単純に好きだからではなく、そういった思い出も込められていたからだろう。

「チョバム、違うだろ」

チョバムの肩をオタク君が摑む。

「笑って『おめでとう』と言って笑顔で送り出すのが、ファンの最後の務めですぞ」

反対側からエンジンもチョバムの肩を摑む。

チョバムほどではないが、オタク君もエンジンも目を赤くし洟をすすっている。

「そうでござるな……でも拙者、もうちょっとだけ時間がかかるでござる……」

涙を拭きとるチョバムだが、それでも止め処なく溢れていく。

「そんなの、いくらでも待ってですぞ」

「そうそう。友達だろ？」

しばらく天井を眺めながら、ボーッとする三人。

本当は色々話したいが、話し始めたら多分泣いてしまうだろう。

そんな予感がしたのか、誰も口を開かない。

「そろそろ帰ろうか」

オタク君がそう言ってゆっくりと立ち上がる。

チョバムとエンジンも同じく立ち上がり、服に付いた埃を払う。

静かに第2文芸部を後にする三人。


翌日。

会場近くで待ち合わせたオタク君たち。

流石にドームライブなだけあって、お祭りのように人がごった返している。

待ち合わせ場所と時間を決め、時間通りに着いたが、それでも合流するにはやや時間がかかったようだ。

チョバムとエンジンはキャライラストの入ったTシャツに、公式の法被を着込んでいる。

オタク君も、普段のような一般人に擬態した格好ではなく、ライブTシャツに公式の法被姿である。

もはやオタクであることを隠そうとすらしていない。

まぁ、周りも似たような格好の人たちばかりなので、逆に目立たない格好ではあるが。

「今日は、絶対に笑顔でいような！」

「勿論ですぞ。チョバム氏以外は大丈夫ですな」

「フンッ、拙者はたとえ泣いたとしても笑うから、大丈夫でござるよ」

三人同時に、笑顔で頷き合う。

「さぁ行こう！」

会場へ向かう途中、さまざまな人とすれ違う。

笑顔でいる者、難しい顔をしている者、泣きそうになっている者それぞれである。

無事入場し、近くの席の人たちに挨拶をするオタク君たち。

周りが口にしている話題はやはり、卒業の事ばかりである。

「そろそろ始まりますね」

「あぁ、目いっぱい楽しんでいこう！」

会場の照明が落ち始める。

目の前にある大きなモニタから流れていた宣伝の映像が一旦途切れ、協賛の文字が表示された。

協賛企業の名前が表示されると、それを皆で叫び始める。

『皆、今日は夢見輝子のライブに来てくれてありがとおおおおおお！！！！』

「うおおおおおおおお！！！！！」

モニタに映る夢見輝子が挨拶を始めると、会場に響き渡るほどの声援が聞こえてくる。

注意事項を読み上げる度に、皆が「ハーイ！」と返事をし。

夢見輝子のちょっとしたミスで、皆が同時に笑う。

そして曲が始まれば、皆が同じようにコールをする。

会場がまるで一つの生き物のような、そんな一体感に包まれていく。

だが、そんな時間もあっという間である。

最後のアンコールで、彼女のデビュー曲を歌い、残るは彼女のMCだけである。

『お知らせを読んでくれたと思うけど、私、夢見輝子は今日を以て卒業します』

そんな彼女の言葉に、ある者は涙を流し、ある者は不満の声を上げる。

既にチョバムはボロボロに泣き始めているが、オタク君とエンジンも割とギリギリである。

『本当はラストをデビュー曲で終わりにする予定だったんだけど、どうしてももう一曲だけ歌いたいから』

モニタに映る3Dの少女、夢見輝子。

ライブの華やかな衣装を着ているが、くるりと一回転するとセーラー服に衣装が切り替わった。

『これ、一度言ってみたかったんだ。それじゃあ言うね。えー、あーあー……在校生、ご起立ください！』

訓練を受けたわけでもなく、練習をしたわけでもない。

なのに示し合わせたかの様に、会場にいる皆が同時に立ち上がる。

『それでは最後の曲は、誰もが知ってる曲になります。歌える人は、一緒に歌ってください』

流れるのは、誰もが知っている卒業ソング。

古今東西、日本なら卒業式で流れるあの曲である。

曲が始まる前に、オタク君の涙腺は決壊したようだ。
そして曲が始まると同時に、エンジンの涙腺も決壊していた。
だが、三人はそれでも歌った。声の限りに。
いや、彼らだけではなく、会場の誰もが涙しながら歌っている。
曲が終わり、別れの挨拶も終わる。
会場の照明も点き始め、これで終わりである。
誰よりも泣いているチョバムの肩を、オタク君とエンジンが組む。
「帰ろうか」
彼らは泣いていたが、それでも最後まで笑っていた。

週明けの卒業式。
オタク君たちは、泣いていた。
ライブの残滓がまだ残っているのだろう。
だが泣いているのは、オタク君たちだけではない。
普段の卒業式よりも、明らかに泣いている生徒が多い。
多分、オタク君たちと同じようにライブを見た者たちだろう。
この日の卒業式は、日本全国で普段よりも泣く者が多い卒業式となった。
数年後、夢見輝子は復活する事となり、オタク君たちはまた、歓喜の涙を流しながら

集う事になるが、それはまた別の話である。

第8章

まだ寒い三月だというのに、オタク君は自宅の敷地内にある納屋を漁っていた。

休日になぜ納屋を漁っているのか？

納屋には両親が飽きて使わなくなった物が置いてあるからだ。

オタク君の両親も、オタク君と同様に多趣味である。

しかし、オタク君ほど情熱が長続きするタイプではない。

なので、飽きたりもう使わなくなった物は納屋に入れられる。

そして、それをオタク君や妹の希真理がこうやって拝借していくのだ。

オタク君の部屋にある高価な物は、ほとんどが親が使わなくなった物である。

親はオタク君が持って行く事に対し、特に何も言わない。

そもそも要らなくなった物というのもあるが、そのおかげでオタク君が駄々をこねてお小遣いをせびったりしないからだ。

まぁ、下手なお小遣いよりも高価な物を与えているわけだが。

「おぉ、あった！！！」

両手でそれを掴むと、まるで宝物でも手に入れたかの如く高く掲げる。目を輝かせるオタク君。彼が手にした物は、VR機器である。

仮想現実の世界で遊ぶためにはVR機器は必須。

しかし、ちゃんとした物を買う場合、安くても三万円以上掛かってしまう。

ゲーム機並みの値段である。学生がおいそれと手出しできる値段ではない。

それが納屋に転がっていたのだ。興奮しないわけがない。

一通り興奮した後に、中身を確認しニヤニヤと頬を緩ませる。

コソコソと納屋から顔を出し、辺りを窺うオタク君。

もし妹の希真理と鉢合わせれば、取り合いになるかもしれないからである。

細心の注意を払い、バレないようにコソコソと部屋まで戻っていくオタク君。

「VRか、何をやろうかな」

部屋に戻り、早速VR機器のスイッチを入れて、起動させる。

ワクワクしながらゴーグルを被ると、思わず「おぉ」と声が出る。

オタク君の目の前に広がるのは、まさに仮想の現実世界。

3Dのゲームをやった時の、奥行きがあるなんてものではない。

目の前には広がる世界があるのだ。本当に自分がその世界にいるような感覚になるほどの。

「ソフトは何が入っているかな」

慣れない手つきでコントローラーを動かすが、ソフトは一つしかインストールされていない。

というのも、オタク君の父親はＶＲ酔いが激しかったために、すぐにやらなくなってしまったからだ。

なので入ってる物は初期のソフトと、有名なゾンビサバイバルゲームだけである。

「有料のゲームはクレジットカードじゃないと買えないのか……」

未成年のオタク君は、当然、クレジットカードなどというものは持っていない。

「あっ、でも基本無料のゲームはインストール出来るんだ」

追加課金式のソフトなら、クレジットカードがなくてもインストールは可能である。

なので、まずは手当たり次第にインストール可能な物を入れていく。

まずは色々なソフトをやってみて、もし面白ければ親に頼みクレジットカードを借りて本格的にソフトを入れて遊んでみよう。

そんな魂胆（こんたん）である。

「おぉ、これは！！！」

手当たり次第ソフトを入れていたオタク君の手が止まる。

そして、思わず叫び興奮するオタク君。

彼が興奮してしまうのも仕方がない。そのソフトはＶＴｕｂｅｒ『夢見輝子（ゆめみてるこ）』の音楽ゲームである。

内容は曲に合わせ、両手に持ったコントローラーでオタ芸をするというものである。

他のインストール作業を一旦中断し、ソフトを起動させる。

『私と一緒にライブを楽しもうね！』

ソフトを起動すると同時に、いつも画面越しで見ていた夢見輝子が、オタク君の目の前に現れた。

そう、まるで質量を持ったかのように、リアルな夢見輝子がオタク君の目の前にいるのだ。

ゴクリと固唾を呑み、ゆっくりと前に手を出すオタク君。

しかし、その手が何かに触れる事はなく、空を切る。

頭では分かっているが、試さずにはいられないほどのリアルさが、そこにあったのだ。

オタク君が何処を触ろうとしたかは、あえて言及しないでおこう。

気を取り直し、早速ゲームモードに入るオタク君。

追加課金式のゲームなので、遊べる曲数は二曲だけである。

「まぁお試しなんだから、そんなもんだよね」

少ない曲数に苦笑いしながら、曲を選ぶ。

彼が選んだのは慣れ親しんだ、夢見輝子のデビュー曲。

軽快なリズムと共に、登場した夢見輝子が歌い始める。

夢見輝子の登場と共に、オタク君の周りに頭のてっぺんから足元まで黒タイツで覆ったような人間が現れる。

オタク君と同じく、彼女を応援するための観客なのだろうが、全身が真っ黒なために、某探偵アニメに出てくる犯人のようである。

曲に合わせ、腕を振る方向が指示される。

真っ黒な観客が、指示された方向に腕を振る。それに合わせてオタク君も腕を振る。

最初は真っ黒な観客を不気味に思っていたオタク君も、段々と彼らがライブ会場の仲間のように思えて来たようだ。

無機質に同じ動きをするのでなく、たまに動きがズレている者がいたり、ほんの少しだけ動きがバラバラだったりするのが、リアルなライブを感じさせる。

オタク君が腕を振るうたび、ピコンピコンという音と共に、ＰＥＲＦＥＣＴと表示される。

ライブに行っただけあって、オタ芸は完璧のようだ。

サビに入ると腕の指示だけではなく、コールの表示もされる。

マイクはあるが、別に音声認識機能が付いているわけではない。

ライブの練習も出来るようにした、サービス演出である。

なので、別にコールはしなくても問題はない。

『夢見た世界はいつでも』

「フワッフワッ!!」

『輝くだけじゃ物足りない』

「フッフー！！！」

『だから、応援してねーッ！！！』

「応援するよーッ！！！」

だが、オタク君はコールした。興奮し、声が出てしまったのだ。

一曲しかやっていないのに、気分は完全燃焼である。

これが無料で良いのかなと思うほどに楽しめた様子だ。

「さてと、次は……ゾンビゲームにするかな！」

一旦ソフトを終了させ、次はオタク君の父親が買ったゾンビサバイバルゲームを起動させる。

夢見輝子は確かに彼を魅了するソフトだった。

しかし本命はゾンビサバイバルゲームである。有料ソフトなだけにオタク君の期待値が上がっていく。

ソフトを起動させると、リアルなゾンビが映り、一瞬体をびくつかせるオタク君。

「今のは流石(さすが)にビビるって……」

誰に言うでもなく、自分が驚いたことに関してボソボソと言い訳をするオタク君。

その姿はちょっと情けない。

ゲーム開始ボタンを押すと、画面が切り替わり、草原にポツンと立たされていた。

視線を下に落とし、コントローラーを持つ手を見ると、そこにはリアルな手が見える。指にもセンサーがあり、オタク君が指で握ったり離したりするのに合わせ、ゲーム内の手も動く。

辺りを見回しながら、ゲーム内で軽く動き回るオタク君。

「うん。大丈夫だ」

特に気持ちが悪くなったりしないところを見ると、オタク君はＶＲ酔いはしない体質のようである。

画面には「小屋へ向かおう」と書かれている。少し離れた場所に小屋を発見したオタク君は、真っ直ぐと小屋へ向かって走り出した。

「うおっ、思ったよりもゾンビが多いぞ！」

両手を突き出し、次々と手に持った銃でゾンビを倒していく。

オタク君の画面上には、次々と「ヘッドショット」の文字が表示される。

今までのゲームとは違い、狙った場所に弾が撃てる。ＶＲの特徴である。

機器に付いたカメラが、オタク君の動きをダイレクトにゲームに伝えていく。

それが更なるリアルさをオタク君に与える。

「天上のガンマン称号を持つ僕からすれば、この程度！」

オタク君が銃を撃つたびに、発砲音と共にゾンビがその場で倒れていく。

天上のガンマンとやらが何かは分からないが、自負をするだけの実力はあるようだ。

テンションが上がり、ハッハッハと笑い声を上げながら銃を連射する姿はまるでトリガーハッピーのようである。

見事なヘッドショット連発により、ゾンビの集団をあっという間に殲滅したオタク君。ゾンビの群れを倒した先に、小さな村を見つける。ゾンビに襲われたためか、荒廃し生存者らしきものは見つからない。

「ここは、セーブポイントがあるのか……。一旦休憩にするかな」

村に設置されたセーブポイントでセーブし、一息吐くオタク君。

これなら親に頼んでクレジットカードを借り、ソフトをいくつか購入するのも悪くない。そう思えるくらいに満足だったようだ。

満足し、笑顔でVRゴーグルを外すオタク君。

が、その笑顔が凍り付く。

「えっ……」

仮想現実の世界から帰って来たオタク君を待っていたのは、自分の部屋に女の子たちがいるという現実だった。

妹の希真理はまだ分かるとして、その妹の友達である池安薙と向井玲。

更には優愛とリコまでいる始末だ。

笑っている者もいれば、笑いをこらえるために必死に目線を逸らす者、そもそもVRに興味津々なのか目を輝かせている者もいる。

反応はそれぞれだが、確実に分かるのは、オタク君のVRプレイを見ていたという事である。

何故彼女たちがオタク君の部屋にいるのか？

元々薙や玲と遊ぶ約束をしていた希真理、二人が家に来るのを待ちながら外を見ていると、納屋から出てくるオタク君を発見したのだ。

オタク君、そもそもVR機器を持ち出していた事は希真理にバレていたのである。

部屋の鍵も閉めず、VRを起動させる兄を見て、「うちに来れば面白いものが見れる」と優愛とリコにメールを送る希真理。

そのメールを見て、優愛とリコはホイホイ来たのだ。

まぁ、二人は面白いもの云々よりも、オタク君に会いたいから来たのだろうが。

オタク君の家に着いた彼女たちが見たものは、ゴーグルを付け、怪しい挙動をしてニヤニヤするオタク君であった。

ゲームへの没入感を深めるためにヘッドホンまで付けていたオタク君は、彼女たちの存在に気づく事が出来なかった。

「天上のガンマンさんお帰り」

希真理がニッコリと笑いながら、オタク君にそう声をかけると、必死に目を逸らしていた薙がむせる。

恥ずかしさから顔を真っ赤にしながら、あわわ状態のオタク君。

許される事なら、今すぐにでも叫びたい気分だろう。

「えっと、オタク君のプレイ、カッコ良かった、よ？」

苦笑い気味にフォローをする優愛、だがそんなフォローすら今のオタク君には大ダメージである。

オタク君、今すぐにでもベッドにダイブし枕に顔をうずめて悶えたい気分であるが、ベッドは既にリコが陣取り漫画を読んでいる。

（あああああああああああああああああ！！！！！！）

心の中で叫びながら、部屋の鍵をかけなかった事を後悔するオタク君。

だが、同時に安堵していた事もある。

（夢見輝子のパンツを覗こうとしなくて良かった……）

スカートの中身に興味はあったが、推す者としてそのラインは超えてはいけない。

オタク君、必死に理性で抑えたのだ。

もしそんな事をしている姿を見られてしまったらと思うと、更に恥ずかしくなり身悶えしてしまう。

彼女たちも、そこまでやっているのを見ていたら、流石にドン引きしていただろう。

最悪の展開だけは避けられたオタク君。どうやらギリギリ致命傷ですんだようだ。

「それ私もやってみて良いですか⁉」

「あっ、うん」

そう声をかけたのは玲である。

先ほどまでオタク君が痴態を晒していたというのに、全く気にした様子がない。

「これってどうやれば良いんですか」

「あっ、こっちのコントローラーで……」

ゴーグルとコントローラーを受け取り、ゲームのやり方などをオタク君に聞く玲。

年下とはいえ、相手はギャルの女の子なので、思わずどもってしまうオタク君。

なんとか説明し終えて、玲がゾンビゲームを始める。

「うわっ、ヤバッ！」

オタク君とは違い、完全に体を動かしつつキャーキャー言いながらゲームをする玲。

それを笑いながら、優愛や希真理たちが適当な声援を送る。

見られていると分かった上でやっているので、玲は恥ずかしいとは思っていない。

だが、そんな姿を見ているだけでも恥ずかしくなってしまうオタク君。

共感性羞恥からか、それとも先ほどの自分の姿を重ねてしまっているのか。

その後も、リコ以外の女の子たちがキャッキャ言いながら、それぞれＶＲをやる姿を見て、そのたびに心の中で悶えるオタク君。

自分の部屋で美少女に囲まれるハーレム状態。本来なら羨ましい展開のはずだというのに。

「ＶＲっての？　凄く面白かったね。オタク君、またやりに来ても良い？」

「あぁ、はい。良いですよ」

優愛、これだけ面白いんだから、オタク君がハマるのも仕方ないよねと言わんばかりの言い方である。

まぁ、そう言ってオタク君を元気づけてあげようとしているわけだが。

ついでに、またオタク君の家に遊びに来る理由作りでもあるが。

「えっ、じゃあ私もまたやりに来て良いですか？」

優愛の言葉を聞いて、玲が反応する。

こっちは純粋にVRにハマったようだ。

「勿論(もちろん)。良いですよ」

「それじゃあお兄さん、連絡先交換しましょうよ」

玲、オタク君の隣に座り、スマホを取り出しメッセージアプリの画面を開く。

画面を見せるためとはいえ、肩がくっつくほどの密着である。

兄と弟の男兄弟に囲まれた環境で育った玲。彼女は男慣れをしているので全く気にした様子もなくオタク君にくっつく。

逆に女慣れをしていないオタク君、先ほどとは違った理由で顔を赤くしながらも連絡先を交換している。

ドキドキしながらも対応できるのは、優愛たちと接したおかげで、多少は女の子に対する免疫が出来てきているからだろう。

もし免疫のない男子にやれば、ガチ恋してしまう距離感である。

実際に勘違いして、彼女に恋心を抱いてしまう男子はさぞ多い事だろう。

そんな様子を何か言いたげに見つめる優愛、リコ、そして希真理。

玲の様子を見れば、オタク君に気がないのは分かるだろうが、彼女たちは恋愛クソザコナメクジである。

「オタク君、見て見て。この動画面白くない⁉」

「なぁ小田倉、この漫画の続きってどこにあるんだ？」

「お兄ちゃん、私たち一通りやり終わったから、次はお兄ちゃんの番だよ！」

玲に対抗するように、オタク君にくっつき下手なアプローチである。

もはや好意があるのがバレバレである。

が、オタク君は気づかない。

素の鈍感もあるが、ＶＲをやっている姿を見られた羞恥心から、まだ頭が上手く働いていないからである。

「漫画の続きならそっちの棚にありますよ。ＶＲはこれ以上やったら酔いそうだから、僕は良いかな。優愛さん、動画ってどれです？」

一つ一つ真面目に返すオタク君。

「えっ、じゃあ私もう一回やっても良いですか？」

玲がオタク君の裾を掴み、目を輝かせる。

「あっ、うん。良いですよ」

そんな二人のやり取りを見て、アプローチ合戦は更に激しさを増していく。

が、オタク君はやっぱり気づかない。

オタク君たちの様子を、一歩離れた所で見ていた薙。

(ラブコメ漫画の主人公って、実在するんだ)

完全に好意に気づかないオタク君と、それを取り巻くハーレム状態に、薙は感心していた。

第9章

三月。

オタク君の地域では、この時期に雪が降る事は珍しくない。

が、この日は違っていた。辺り一面が雪景色になっていたのだ。

毎年この時期は雪が降ると言ってもチラつくか、大雪でも積雪五～十センチくらい。

それがこの日に限っては積雪三十センチ。

車は止まり、交通機関も止まり、至る所で事故は起きるが緊急車両を出すこともできず、自力で病院に向かう事すらできない状況である。

例年にない記録的大雪により、学校は当然休校。

だというのに、オタク君は学校に来ていた。

交通機関が麻痺して遅れる事をあらかじめ予測したオタク君は、普段よりも早く家を出ていた。

そして、あまりに早く家を出たために、休校の連絡すら受けていないのだ。

実際、オタク君のように無理して学校に来た生徒は少なくはない。

なのでそんな生徒のために、教師も無理のない範囲で来て、学校を開放している。

三年生は卒業しているので当然おらず、残った一、二年生も大雪により来ている生徒自体は少ない。

今校舎にいる生徒の数は普段の二十分の一にも満たないだろう。だが、校内は活気づいていた。

記録的大雪というイベントに加え、生徒が少なくなった校舎。休校なので当然授業はない。そんな非日常感を楽しんでいるのだ。

なので、仲の良い者たちと意味もなく校舎を歩いてみたり、普段は運動部が使っている体育館でバスケをしてみたり、音楽室でピアノを弾(ひ)いてみたりと自由である。

そんな生徒を叱(しか)る側の教師も、今日は大雪のせいでほとんどが来ていない。かろうじて学校に来た教師は各所への連絡や対応で忙しく、生徒を叱る余裕などない。もはや問題を起こさない限りは、好きにしてくれといった状況である。

そんな中、オタク君はというと、第2文芸部に来ていた。

メンバーは、同じく無理をして学校に来た優等生の委員長、リコ。

そして寝起きで遅刻と勘違いし、休校の連絡を受けずに学校に来た優愛(ゆあ)の四人である。

最初はオタク君の教室にリコが来て四人でだべっていたのだが、違うクラスの教室というのは、何となく居心地が悪いのだろう。

オタク君のクラスメイトを気にしてか、時折視線を泳がせるリコ。

そんなリコの様子に気づいたオタク君が、第2文芸部に行かないかと提案をしたのだ。鈍感だが、気の利く男である。

特に反対意見が出る事もなく、オタク君たちは第2文芸部に移動した。

ちなみにチョバムとエンジンは、休校じゃなくても休む気マンマンだったので来てはいない。不真面目ではあるが、判断が早いとも言える。

「ってか雪マジヤバくない？」

「優愛さっきからそればっかりじゃん。確かにヤバいけどさ」

窓から外を見る度に「ヤバいヤバい」と言いながら、カシャカシャとスマホで写真を撮る優愛。

そんな優愛に呆れつつも、内心は興味があるのかチラチラと窓の外を見るリコ。

「確かに凄いですよね。ちょっと目を離すたびに雪が積もっていってますし」

苦笑いを浮かべ、優愛に同意をするオタク君。

同じく窓の外を見る。積もりに積もった雪のせいで、道路と歩道が曖昧になっていたりする。

優愛は純粋に雪景色を楽しんでいるようだが、オタク君は帰りの心配で、素直に楽しむ事が出来ないでいた。

「だってさ、雪だよ。こんなに降ったの初めてじゃん？」

「まぁ、そりゃあそうだけどさ」

窓から雪を眺めてはしゃぐ優愛は、雪を見て興奮する犬のようである。

「そうだ。雪見に行こう！」

そして言うが早いか、ドアを開け、振り返りもせず、そのまま第2文芸部の部室を出ていく。

優愛犬はそこら辺の犬よりも賢いので、自分でドアを開けることも出来る。

なので、ちゃんと誰かがリードを摑んでいないといけないのだろう。

呆気に取られ、口をポカーンと開けているオタク君とリコ。

気づけば委員長も優愛と飛び出していた。どうやらこちらも内心では雪に興奮していたようだ。

「ったく、しゃあねぇな」

やれやれと言わんばかりに、重い腰を軽く上げるリコ。

なんだかんだで彼女も興味があったのだ。

「ほら小田倉、行くぞ」

「あ、はい」

仕方がないというそぶりを見せてはいるが、まだ座っているオタク君にわざわざ手を差し出し立ち上がるサポートをするリコ。

早く行きたくてしょうがないという感じである。

「寒ッ!!」

外の気温は氷点下六度。

普段の学生服の上に防寒着を着ているとはいえ、余裕で寒い気温である。

これだけ寒いのだから、当然外には誰もいない。

「わざわざ外に出る必要あったか？」

ガクガクと震えながら文句を言うリコ。

「そこに雪があるから」

委員長、答えになっていない。

「見て見て、足跡ついて新雪って感じしない？」

答えてすらいない優愛。

そんな二人にリコが「答える気ある？」と真顔で聞くが、優愛も委員長も聞く耳を持たず、雪に夢中になっているようだ。

「そうだ、一回これやってみたかったんだ」

そう言って両手を広げ、雪の上にダイブする優愛。

起き上がると、雪の上には彼女の跡が出来ていた。

「あははっ、ねぇこれヤバくない？　凄い綺麗に跡が出来たんだけど⁉」

それを見て、「私も！」と言いながら、同じように雪の上にダイブする委員長。

「おっ、委員長凄い綺麗な形に出来たじゃん」

「鳴海さんのは、アニメとかで高い所から落ちた人の跡みたいになってて凄い」

まるで専門家の如く、ダイブした跡を褒め合う優愛と委員長。

そんな二人を苦笑いで見つめるオタク君とリコ。

まぁ、本人たちが楽しんでいるならそれで良いだろう。そんな感じの生暖かい目線である。

「しかし、これ帰り大丈夫か？」

「ええ、このまま夜まで雪が止まなかったら、学校に泊まる事になるんですかね」

「そうなるかもしれないな。学校に泊まるって、何か漫画みたいだな」

へへっといった感じでオタク君に笑いかけるリコ。

台風や大雪で学校に泊まるイベントは漫画やアニメでは見た事があるが、実際に体験した事はない。

なので、それはそれで楽しみだと思い、笑みが零れてしまったようだ。

オタク君もリコと同じ考えなのだろう。

そうですねと答えながら、リコと同じように笑みを浮かべている。

ついでだから、雪に関係する漫画の話をリコが振ろうとした時だった。

リコの顔面目掛け、雪玉が飛んできた。

「そういえ、ぶばぁッ⁉」

「オタク君。リコが泣くまで雪合戦しよーぜ！」

投げた犯人は優愛である。

どうやら雪にダイブするのには満足したようで、次の遊びに入っているようだ。

雪玉をリコ目掛け投げつけるが、軽く払い落とすリコ。

「アホか、やらねぇよ」

興味ないねと言わんばかりの対応のリコ。

そんなリコの後頭部に雪玉が当たる。

「小田倉ぁ？」

「ぼ、僕じゃないです！」

リコが後ろを見ると、後方から委員長が雪玉を手に、次々と投げつけて来ている。

前門の優愛、後門の委員長である。

「小田倉、援護しろ。徹底的にやるぞ‼」

「えっ、僕もですか？」

「当たり前だろ！」

挟み撃ちの形で次々と飛んでくる雪玉に、流石のリコもブチギレである。

こうして優愛・委員長連合と、小田倉・リコ連合による雪合戦が始まっ……たが、寒いからすぐに休戦協定が結ばれた。

「共闘お疲れさまー！」

イェーイと委員長とハイタッチする優愛。

休戦ではあるが、実質優愛たちの一方勝ちである。

というのも二対二ではあったが、女の子に雪玉を投げる事に戸惑うオタク君。

そしてオタク君からの攻撃が来ないと分かったら、オタク君を無視しリコに集中砲火が浴びせられる惨劇に。傍から見ればイジメに見えなくもない。

戦力にならない事が申し訳なくなり、デコイ代わりに弁慶立ちするオタク君を見て、優愛たちから「そろそろ終わろうか」と言い出したのだ。

役に立たないオタク君に文句が言いたいリコではあるが、そこまでされて文句を言えるほど、彼女は暴君ではない。

「ったく、それじゃあ部室に」

「次は雪だるまを作ろうぜー！」

「オイッ！」

戻ろうと言いかけたリコの言葉を遮るように、雪だるまを作ろうと言い出す優愛。元気いっぱいである。

思わず抗議の声を上げるリコ。

寒空の下、雪合戦をした挙げ句に雪だるまを作ろうと言い出したのだ。当然の反応である。

「流石にそろそろ戻った方が良いんじゃないですか？」

このままでは風邪を引きかねない。オタク君もリコの意見には賛成のようだ。

賛同者を増やそうと、そう思いませんかと委員長に声をかけるオタク君。

だが、委員長は既に雪玉を転がしながら雪だるまを作り始めていた。

「こういうのって、青春漫画みたいで楽しい」

鼻息をフンスとしながら、無表情の委員長。

無表情ではあるが、その所作でドヤ顔をしているのは何となく分かる。

「確かにそう言われればそうですけど」

オタク君、オタクとしてそう言われると弱い所がある。

草原で仲間たちと横たわってみたり、唐突にスポーツに熱中してみたり、そして雪で遊んでみたりは日常系の定番である。

そんな定番を今、自分たちがやっているのだ。ここで終わるよりも、トコトン漫画のような展開に浸(ひた)ってみたい。

そして、オタク君から色々と漫画やラノベを借りたリコも、同じ気持ちである。

仲の良い同性だけでなく、異性までいるとくればもはや日常系どころか恋愛漫画じゃないかとさえ思える。

なんなら自分のために身を挺(てい)したオタク君は、まるでヒロインのピンチに駆けつけたヒーローのようだとさえ思った。

（べ、別に小田倉と恋愛とかじゃねぇし！）

頭をブンブンと振って、オタク君に感じた感情を吹き飛ばすリコ。

そう、身を挺したのではなく、あれはオタク君が戦力にならないからデコイしかする事がなかったんだと、必死に自分に言い聞かせる。

「なになに？　こういう事する漫画あるの？」

「えーっと、あるか分からないですが、漫画でやってそうだなと思って」

「へぇ、そういうのもあるんだ。そうだ！　オタク君、今度オススメの漫画貸して！」

「あ、はい。良いですよ」

「鳴海さん。私のオススメもありますけど、どうですか？」

あまり漫画に詳しくない優愛が、漫画の話題に食いつく。

漫画の話になり、委員長も加わり始めると、話に花が咲く。

「とりあえず、雪だるま作ってから部室で話しましょうか」

「うん！」

ここで優愛に話をさせたら、寒空の下、延々と話し続ける事になってしまう。

一旦話を切り、雪だるまに話題を戻したオタク君。

「リコさんも、良いかな？」

「はいはい。どうせ何言っても聞かないし、さっさと作るよ」

めんどくさそうな顔をしつつも、真面目に雪玉を転がすリコ。

日常系っぽい事してるなーとか、何度振り払ってもオタク君をつい目で追ってしまったりと、頭の中は大混乱しているからである。

「それじゃあ、頭の部分持ち上げますね」

ヨイショと言いながら、重そうな雪玉を一人で乗せるオタク君。

優愛たちも手伝うと申し出たのだが、普段の筋トレの成果を見せびらかしたくて、一人で乗せたのだ。

「一人で抱えるとか、オタク君凄い‼」

「小田倉君って、力持ちなんだね」

「鍛(きた)えてますから！」

ドンと胸を叩(たた)くオタク君。

欲しかった言葉を貰(もら)えて満足気である。

「それで、顔はどうするんだ？」

「適当にそこら辺の石でも……」

そこら辺と言って見渡すが、辺り一面雪景色である。

積もりに積もった雪を掘り返し、良い感じの石を探すのは困難だろう。

「そうだ。オタク君、ドールってやつ？　あれを作る感覚で雪だるまの顔作れない⁉」

「えっ、小田倉君そんな事出来るの？」

オタク君が芸達者なのは分かっていた委員長だが、ドールヘッドのメイクまで出来るのは知らなかったようだ。

「あれは元々存在するヘッドにメイクしてるだけなので」

「そっか」

ドールのヘッド自体を作っているわけではない。

既存品の、メイクをしていないドールヘッドに、メイクを施していているだけである。

「でも、ヘラがあればある程度は形を作れますよ？」

「ウソッ⁉　オタク君凄くない⁉」

最近はフィギュア作りに興味があるオタク君。

粘土を使っていくつか作品を作り上げている。

これだけ削りやすい素材なら、何とかならなくもないといった感じである。

「じゃあ、これとかどうかな？」

委員長がガサゴソと財布から取り出したのは、ゲームに使うカードである。

中にデータを保存するためのチップが入っているため、相当硬い。

「あっ、これならいけるかも！」

委員長からカードを受け取り、雪だるまの顔を削り始めるオタク君。

しばらくして、ややアニメ調の顔をした雪だるまができ始める。

「小田倉、お前本当に何でもできるな」

「そんな事ないですよ。たまたま得意な事が生かせる状況なだけですから」

リコが感心して雪だるまの顔を見る。

技術的にはまだ拙いにしても、素人から見れば十分な出来栄えである。

「ねぇねぇ、この子、つけまにしたら可愛くない？」

そう言って雪だるまの顔にまつ毛を付け始める優愛。

「だったら、アイラインこんな感じの方が良いかも」

目元に軽く線を入れ始める委員長。

「お、おい」

「良いですよ。皆で作った方が楽しいじゃないですか」

優愛たちの行動に、嫌な顔せず笑うオタク君。

「リコさんも、何か付け足しますか？」

「……髪型まで作ると大変そうだから、ツインのお団子とかつけるのどうだ？」

「良いですね！」

こうして雪だるま、もといギャル雪だるまが完成した。

流石に胴体まで作る余裕はないので、体は雪玉のままである。

オタク君たちは笑いながら記念撮影をし終えると、今更のように寒さを思い出し第2文芸部の部室へと帰って行った。

夜までには雪は止み、オタク君たちは帰宅する事になるが、翌日四人揃って風邪を引いたのは言うまでもない。

「……おや？」

オタク君たちがいなくなった後、校内を見回りしていたアロハティーチャー。

人影を見つけ不審に思い近づく。不審な人影の正体はギャル雪だるまである。

「HAHAHA、転校生ですか？　そのままでは風邪を引いちゃいますね」

そう言って、ギャル雪だるまにアロハシャツを着せる。

「捨てようと思っていた物なので、お礼はいりません。今日は特に冷えるので気をつけるのですよ」

アロハシャツを着せられたギャル雪だるま。

明らかに着る前よりも寒そうである。

後日、オタク君たちが作ったギャル雪だるまは、生徒たちの注目の的となる。

一部からは「アロハティーチャーがVTuberデビューする際のアバターだ！」と噂が流れ、それを面白がってアロハティーチャーに聞きに行く生徒たち。

最初は「そんなわけない」と答えていたが、段々とその気になったアロハティーチャーがアロハシャツを着たギャルのアバターで「英会話レッスン系VTuber」としてデビュー。

後に登録者数が数万人の大人気VTuberとなるが、それはまた別の話である。

ある日の教室。

「ねぇねぇ、オタク君」

「どうしました？」

「さっき雑誌見てたんだけど」

オタク君に話しかけている優愛に、別の女生徒が話しかける。

「あの鳴海さん。相談があるんだけど良いかな？」

「えっ、私？」

「うん。実は髪染めたいんだけど、どこの美容院が良いか知りたくってさ」

「あぁ、うん。それなら」

「あの、小田倉君。ちょっと良いかな？　先生に手伝いをお願いされたけど一人じゃちょっと量が多くて」

「ん？　良いですよ。ごめん優愛さん、ちょっと委員長の用事に付き合って来るね」

「あっ、うん……」

ある日の第2文芸部。

「ねぇねぇ、オタク君」

「どうしました？」

「昨日のドラマ見た？」

「ドラマはちょっと、見ないかなぁ……」

「そうなんだ。じゃあじゃあ！」

オタク君に話しかけている優愛の横から、リコがオタク君に話しかけた。

「おーい小田倉。前に借りた漫画、昨日からアニメ始まったな」

「拙者も見たでござる！　クオリティ凄すぎでござるな！」

「あれは今期の覇権アニメ確定ですな」

「分かる、映画でも見てるんじゃないかってくらいだよね！」

「アニメ見てたらまた読みたくなったからさ、今度小田倉の家に行って良いか？」

「うん。良いですよ」

「……むぅ」

優愛、ご機嫌斜めである。

「最近オタク君と全然話せないんだけど。どうすれば良い⁉」

放課後のカラオケ店で、マイク片手に優愛が声を荒らげる。

そんな優愛を見て乾いた笑みを浮かべるのは、村田姉妹である。

交友関係の広い優愛だが、信頼できる相談相手はそう多くはない。

オタク君についての相談なので、オタク君本人に相談するわけにはいかない。

リコに相談するか悩んだが、相談をして変に気を使われても困る。

同じ理由で、委員長にも相談していない。

なので、優愛は村田姉妹に相談を持ち掛けたのである。

マイク片手に叫んでしまったのは、それだけ彼女の中ではオタク君と話せない事がストレスになっていたのだろう。

好きな相手が、友人とはいえ他の女と仲良く話しているのだから、気が気でないのは当然と言えば当然である。

そんな優愛に対し、軽くため息を吐いてから村田（姉）が口を開く。

「優愛さ、小田倉君と話せてないって言うけど、そもそも共通の話題ってあるの？」

「えっ、ほら、ネイルとかメイクとか色々やってくれるし、あと最近できたスイーツのお店の話とかしたりしたよ！」

「それって、小田倉君が優愛に合わせてるだけじゃね？」

「うっ……」

「そんなんで仲良く話すって無理じゃね？」

自覚があったのか、苦い顔をする優愛。

普段から話をする時は、優愛が好きな事や興味のある事をオタク君にぶつけている感じの会話が多い。

オタク君は、どちらかと言うと消極的な性格なので、そうやって話しかけてもらえるのはありがたい事ではある。

なんだかんだで、優愛と話せばオタク君の雑学知識も増える。

それに優愛という美少女とお話できるのだ、オタク君的にはウェルカムだろう。

決して優愛をないがしろにしているわけではない。

だが、本質的にはオタク君はオタクなのだ。

なので、アニメやゲームの話題があれば、そちらに食いついてしまうのは当然だろう。

村田（姉）の正論に、ズンと落ち込む優愛。

このままでは相談に乗るのではなく、ただ優愛を凹ませるだけになってしまう。

姉の物言いでは、良い方向に向かいそうにない。仕方がないと村田（妹）が口を挟む。

「それなら、小田倉君の好きなアニメの話を聞いて、話題に繋げれば良いんじゃない？」

「その手の話をすると、オタク君なんか歯切れ悪くなるんだよな」

優愛が「オタク君ってこういうのが好きなの？」と聞いても「あー、そんな感じです」みたいな返事が多い。

オタク君としては、語って良いならいくらでも語るだろう。

しかし、相手はギャルである。

一年近い付き合いだから、優愛がオタクに理解があるのはオタク君も分かっている。

それでも引かれたらどうしよう。そんな不安から、玉虫色の返事になってしまうのだ。

そして、そんなオタク君の反応を村田（姉）は感じ悪くね、と罵るが村田（妹）は理解出来ているようだ。

姉に連れまわされ、陽な感じにはなっているが、村田（妹）の本質は陰なのだ。

姉と一緒にいる時はギャルな振る舞いをしているが、姉と離れた瞬間に人見知りをしてしまう。

それを周りが落ち着いていると、勝手に勘違いしているだけだったりする。

村田（妹）は、オタク君の反応を聞いた時、思わず自分と重ねてしまった。

もしかしたら変だと笑われるかもしれないから、愛想笑いで答える普段の自分と。

「あのさ、もしかしたらだけど、どうにか出来るかもしれない」

だからこそ、解決の糸口を村田（妹）には見つける事が出来た。


数日後。

「ねぇねぇ、オタク君。見たい映画があるから今度の土曜日付き合ってくれない？」

「映画ですか、良いですよ」

なんの映画を見るかも聞かず、二つ返事をするオタク君。

優愛が誘ってくるくらいなのだから、自分にも興味がある物を選ぶのだろうという楽観視である。

実際に、優愛が誘ってきて、オタク君が全く興味を持てなかったものは今までない。

なので、今回も大丈夫だろう。

そう思って、映画は何を見るか聞かなかったオタク君は、映画館で驚く事になる。

「えっ、見たい映画ってこれですか？」

「うん。そうだよ」

土曜日の午後。

映画館で優愛が買ったチケットを見て、オタク君が思わず声を出す。

優愛が見たがった映画、それは『劇場版魔法少女みらくる☆くるりん』である。

説明しよう！

『魔法少女みらくる☆くるりん』とは、日曜の朝にやっている女児向け番組である。

天真爛漫で笑顔の絶えない炎の魔法少女くるりん。通称リンちゃん。

冷静沈着でいつも無表情な雷の魔法少女くるるん。通称ルンちゃん。

この二人の魔法少女が素手と魔法で戦う話なのだが、少年漫画のアニメに負けないくらいの戦闘シーンや、昼ドラに負けないくらいのドロドロ展開をしていたりと、良くも悪くもオタク界隈で話題に上がる作品である！

そして今回オタク君たちが見に来たのは、それの劇場版である。

映画館は、『魔法少女みらくる☆くるりん』を見に来た親子と大きいお友達で、カオスな空間になっていた。

他の映画にしませんかと言いたいオタク君だが、既にチケットを購入した後である。

楽しみだねと無邪気に笑う優愛に対し、そうですねと答えるオタク君の表情はややぎこちない。

オタク君の見たい映画ではあったが、優愛と見るとなると、なんだか恥ずかしく感じてしまうからだ。

「ねぇねぇ、これってどういう内容なの？」

「えっと、魔法少女ってのは分かります？」

「分かるよ。保育園の時はいつも見てたし」

優愛の見ていた時代のものとは、若干作品の毛色が違うがまぁ似たようなものである。今も昔も、女児向けの魔法少女が、変身して悪と戦うのは変わらないのだから。

「多分、その時と大体一緒のような感じだと思いますよ」

「ふーん」

オタク同士であれば、このキャラが可愛いとか、このシーンが感動的だとか語れるのだろうが、相手はギャルである。

アニメを見てなさそう、といえば偏見になるだろうが、見ていそうなのは国民的人気作品くらいのイメージになる。

そんな相手にディープな話題を振っても、引かれるか苦笑いで「そうなんだ」と言われるのは容易に想像できる。

なので、オタク君は下手な説明しか出来なくなっていた。

もしこれが有名なアニメの実写系作品だったなら、この主演の人●●って作品にも出てた人だよねとか、オタク君でも人並みに会話出来たというのに。

しかし、何故優愛は『魔法少女みらくる☆くるりん』を選んだのか?

「小田倉君たちに薦める映画、マジでこれで良かったの？」

「うん。多分大丈夫。だと思う」

村田姉妹に焚きつけられたからである。

『魔法少女みらくる☆くるりん』を選ばせたのには理由がある。

国民的人気アニメを選べば、優愛もある程度知っているからオタク君も語れるだろう。

だが、それでは距離を縮められない。村田（妹）はそう考えた。

優愛のようなギャルでも見ている作品の事は話せるようになっても、オタク向け作品の内容が話せないままでは現状と変わらない。

優愛が疎外感を抱くのは、オタク君がオタク話をしている時なのだから。

なので、一歩踏み込まなければいけなかった。

もしこれを、あまり親しくない人間がやれば逆効果であるが、優愛とオタク君はもう十分な仲である。

ただ、どちらも次へのステップアップが出来ていない。なのでやや強引に進めよう。

それが村田（妹）の作戦であった。

「ってか、この作品って小田倉君は好きなん？」

「いつも小田倉君と仲良く話してる背の高い奴（やつ）に聞いたから、多分大丈夫」

先ほどから「多分大丈夫」を連呼している村田（妹）。

ちゃんとオタク君の友達に確認したとはいえ、不安なようだ。

もしかしたら、本当はふざけて適当な事を教えられたのではないかと。

村田（妹）の不安とは裏腹に、オタク君の内心のテンションは上がっている。見たかった映画なので。

背の高い奴ことエンジン、彼も村田姉妹同様に優愛の事は気にかけていたのだ。

どうしてもオタク会話になると、優愛が黙り気味になってしまう。

助け舟を出そうにも、盛り上がっている所に水を差すわけにもいかず、適度なところで会話の流れを変えるのが彼の限界であった。

なので、今回の村田(妹)からの相談は、渡りに船だったのだろう。

「ねぇねぇオタク君。映画が始まるまでカフェに行かない？」

「そうですね。まだ時間ありますしお茶していきましょうか」

映画が始まるまでまだ一時間近くあったので、映画館の近くにある喫茶店に入るオタク君と優愛。

いらっしゃいませーと店員に案内されるまま、席に着くオタク君と優愛。

そんな二人の後をコッソリと追うように入店する村田姉妹。

「ねぇねぇオタク君。今日見る映画って、丁度アニメが終わったばかりなんだ」

「終わったと言っても、また来週から新シリーズで始まりますけどね」

「へぇ、そうなんだ」

『魔法少女みらくる☆くるりん』に対し、知識0の優愛。

じゃあなんでこの映画を選んだんだろうと、ずっと疑問視していたオタク君。

会話が止まったのを見計らい、聞いてみる事にした。

「ところで、優愛さんにしては珍しい映画選びましたね」

「あー、うん。ほら。オタク君がどういうの好きなのかなって思ってさ」

優愛は少しモジモジしながら、言いづらそうに言葉を続ける。

「いつも私ばかり話してるじゃん？　それでオタク君は私に合わせてくれてるけど、私ってオタク君に合わせられてないなと思ってさ」

「そんな事ないと思いますけど」

そう口にしつつも、優愛の言いたい事は理解出来ていた。

オタク君は気が利く性格なので、第2文芸部でオタク会話になる時、優愛が黙り込んでしまっている事にも気づいていた。

いや、誰もが何となく気づいてはいた。だが言い出せなかっただけである。

下手に遠慮した言い方をしたりすれば、余計にこじれてしまうかもしれない。

全員がそんな考えを持ったために、分かっているが何ともならない状況が出来上がってしまっていたのだ。

もし誰かが「優愛にも分かるように話そう」と言えれば。

もし優愛が「分からないから教えて」と言えれば、状況は変わっていただろう。

誰かが悪いわけではない。全員が気を使ってしまった結果なのである。

「私、オタク君の事もっと知りたいな」

はにかみながら笑う優愛。

少しだけ顔が赤らんでいる事に、オタク君は気づく。

自分が語るのを恥ずかしいと思うように、こうやって面と向かって教えてと言うのも恥ずかしいのだろう。

それでも勇気を振り絞った優愛に対し、恥ずかしがるのは失礼だと奮い立つオタク君。

「そういえば、あまりこういった話を優愛さんとしてませんでしたしね。と言ってもどこから話しましょうか」

オタク君は頰を搔きながら、まずは『魔法少女みらくる☆くるりん』について語り始めた。


「映画面白かったね！」

未視聴アニメではあるが、オタク君から必要な情報を聞いたおかげか、優愛は映画を楽しめたようだ。

満足気に笑う優愛に、オタク君もそうですねと笑顔で返す。

ちなみにカップル用ポップコーンを購入し、ポップコーンを取ろうとしてお互いの手が触れ合う。などというドキドキ展開はない。

学生にとって、映画館でポップコーンを頼むのは金銭的なハードルが高いので。

優愛とオタク君が映画の事を語りながら、映画館から出ていく。

最近の子供向け映画は、保護者も楽しめるようにシナリオが凝っていたりする。

なので、語る事は存分にあるのだ。

「この後どうする？」

時刻は午後四時前、夕方というにはまだ早い時間である。

オタク君も優愛も、特にプランがあったわけではない。なのでこの後どうするか予定はない。

このまま帰るというのは味気ないが、映画を見る前に喫茶店に寄ったのに、映画を見た後も喫茶店というのはナンセンスである。

「そういえば、優愛さんって休日は何してます？」

「適当に遊びに出かけたり、服買いに行ったりだけど」

「じゃあ、優愛さんの普段行ってるお店とかに行ってみませんか？」

「私は良いけど、オタク君はそんなんで良いの？」

「はい。僕も優愛さんの事、もっと知りたいので」

普段から優愛は自分の事をオタク君に良く話す。

だが、オタク君から優愛について聞く事はあまりない。

優愛が自分の事をガンガン話すからというのもあるが、変に遠慮して踏み込もうとしなかったからである。

今回はそんなオタク君に対し、優愛が踏み込む姿勢を見せたのだ。

オタク君もそんな優愛に対し、自分も踏み込もうと考えた。

もしかしたら知っている事ばかりかもしれないが、自分から知ろうとする姿勢は大事である。

「そうだ、じゃあゲーセン行こう！」

「ゲーセンですか？」

ゲーセンと言えば、オタクが集まるイメージがあるオタク君。

だが、すぐにピンときた。ゲーセンには女性に人気のアレがある。

そう、プリ機である。

二十年以上前に出てから今日まで、圧倒的女性人気を誇るプリ機。

初期の頃はフレームを選ぶ程度の機能しかなかったが、今ではカメラの補正や撮った写真にその場で落書きしたりと、色々出来るようになっている。

映画館の近くにあるゲーセンに来たオタク君と優愛。

プリ機のコーナーには、多種多様のプリ機が置いてある。

そこに注意事項の看板が立てかけられている。

『男性のみのご利用は、ご遠慮させていただいております』

「あの、これ……」

「あー、大丈夫大丈夫。男同士じゃなければ問題ないから」

看板を見て、ごくりと唾を飲み込むオタク君。

禁止されているのは男性のみでの利用。なので隣に優愛がいるのだから、堂々と入っても何も問題はない。

「ほら、プリ撮りに来てる男って、オタク君だけじゃないっしょ」

「確かにそうですね」

だが、オタク君は緊張していた。

何故なら、男連れで来ているのは、カップルばかりだからである。

傍から見れば、オタク君と優愛もそんなカップルたちの一員だ。

（べ、別に写真を撮るだけだし）

そう思いつつも、意識してしまうオタク君。

対して優愛はというと。

（オタク君と入って気がついたけど、男連れってカップルばかりじゃね⁉）

バッチリ意識していた。

普段リコや村田姉妹たちと来るときは、周りの様子なんて気にしていなかったが、こうして見るとカップルばかりである事に気づく。

「どれが良い……って言っても、初めてなんだから分からないよね」

「そうですね。優愛さんが選んでもらっても良いですか？」

「うん。良いよ」

どれにしようかなと言いながらプリ機を選ぶ優愛だが、既に狙いは定めている。

キョロキョロしているように見せかけ、目線はしっかりキープしている。

最近のプリ機はカメラの補正が入ったり、オリジナルのスタンプが使えたり、何種類も写真が撮れたりと多種多様な機能が付いている。

その中で、優愛が選ぼうとしているプリ機は、写真の数も少なければ、カメラに補正もそんなにはかからない。なんならスタンプだってない。

だが、その代わり指定してくれるのだ。カップルが喜びそうなポーズを。

(お願いだから、これで良くない？　とか言わないでね)

カップルあるあるの、男性がめんどくさがり適当なプリ機に入る。それをオタク君がしないか不安でドキドキしながら歩く優愛。

ほんの数メートルの距離が、長く感じる。

だが、オタク君も同じように数メートルの距離を長く感じていた。

女性同士かカップルしかいない場所で、優愛と二人で歩いている。

それだけで緊張しているのである。

いっそ近くにあるプリ機を指さして「これなんてどうですか？」と言いたいが、グッとこらえる。好きな物を真剣に選んでいる時に、そのセリフは言ってはいけない事を心得ているから。

「これにしよっか？」

「あっ、はい」

一回四百円、それぞれが二百円ずつ入れ中に入る。

初めてのプリ機に、思わずキョロキョロしながら内装を見渡すオタク君。

（オタク君が見てない今なら）

「カップルコース」と「お友達コース」の二種類がタッチパネルに映し出されていた。

チラチラと、オタク君を横目で見ながら優愛がタッチパネルを押す。

『お友達コースだね！　じゃあポーズを指定するから、そのポーズで撮ってみよう』

ここまで来たというのに、優愛が選んだのはお友達コース。

自分で押しておいて凹む優愛。ヘタレである。

「ほら、オタク君撮るよ」

「あっはい」

だが、すぐに気を取り直して、優愛がオタク君に声をかける。

プリ機から、ポーズを指示する音声が流れ始める。

『まずは可愛いにゃんこのポーズをしてみよう』

流石に恥ずかしいのか、表情に照れが出るオタク君。

対して優愛は、友達と普段から撮っているのかノリノリである。

『次は腕を組んでみよう』

『次はお互いの手でハートを作ってみよう』

思ったよりも距離が近いポーズを指定してくることに戸惑うオタク君。

そんなオタク君をリードするように、ポーズを取る優愛だが、彼女も内心では焦(あせ)っていた。

『最後は後ろから抱き着いてみよう』

「流石にそれは……」

思わず頬が引きつるオタク君。

このポーズはやめておきましょうか。

優愛にそう言おうとしたが、次の瞬間。

「えいっ」

オタク君の首に腕を回し、優愛が後ろからガバッと抱き着いた。

好きな相手に対してヘタレな少女が、機械の指示でやっと大胆になれた瞬間である。

思わず固まったオタク君。少し遅れて鳴るシャッター音。

『お疲れ様。落書きブースに移動してね』

お互いに気恥ずかしさを感じながら、無言で落書きブースに移る。

思ったよりもイチャイチャしたポーズばかり指定されたせいで、胸が高鳴るオタク君と優愛。

緊張しながら落書きブースに入る。

「ちょっ」

「ヤバッ」

最初に噴出したのはどっちだったか。

先ほどまでの空気が吹き飛ぶほどに、二人は笑っていた。

どの写真も、オタク君が目を大きく開き、カメラをガン見しているのだ。

しかも大きく開かれた目が、補正によりさらにデカくなっている。もはや珍獣である。

「妖怪目デカ！」

ふざけてそんなラクガキをして笑う優愛。

「手がハートじゃなくて、Cの形になってますよ！」

仕返しとばかりに、優愛の写真にそんな落書きをするオタク君。

「ひっどーい。じゃあこっちだって『寝ぐせ発見！』」

「それなら僕も『チョークスリーパーでノックアウト！』」

落書き合戦が始まり、出来たシールを見てあれこれ言いながら笑い合う。

こうして、お互い遠慮している部分を取っ払ったオタク君と優愛。

二人の関係性は一歩進んだだろう。

いや、「オタク君の事をもっと知りたい」と伝えた優愛と「優愛さんの事をもっと知りたい」と伝えたオタク君。

もはや一歩どころではない。下手をすれば両想い（りょうおも）いの告白レベルである。

もっとも、親密になる事で頭が一杯だった優愛は、そんな事に気づかず。

気は利くが鈍感なオタク君も、当然気づいていない。

閑話 「村田姉妹の事情」

「映画、中々面白かったじゃん」

「それな」

オタク君と優愛の尾行目的で付いて来た村田姉妹。

オタク君たちとは少し離れた席を取り、映画を見ていたのだが、途中から目的を忘れ映画に夢中になっていた。

映画が終わり、オタク君と優愛がゲーセンのプリ機に入って行くのを見届けてから、彼女たちは帰路に就いた。

もうこの二人は大丈夫だなと思い。

実際はそんな大層な理由ではない。

ミイラ取りがミイラになったというか、普段見ないタイプの作品に触れたせいで、その新鮮さから少々興味を持ってしまったのだ。

「なんかサブスクで『魔法少女みらくる☆くるりん』見られるみたいよ」

「んじゃ、帰って見るか」

オタク君と優愛をそっちのけで、アニメが見たいから帰宅である。

とはいえ、姉の方は「サブスクでちょっと見ようか」程度。

対して妹の方はというと。

（ヤバイ、めっちゃくちゃくるりん可愛いんだけど）

ハマっていた。

帰宅して、仲良く『魔法少女みらくる☆くるりん』を見る村田姉妹。

劇場版は大人も楽しめるように作られているが、普段はどちらかと言えば子供向けの内容である。

そこそこ楽しめているが、村田（姉）には少々退屈に感じるのか、スマホを弄り始めている。逆に、村田（妹）は画面を食い入るように見ていた。

「そろそろ夕飯出来る時間だし、リビング行くか」

そう言って立ち上がる村田（姉）。

「うん。そうすっか」

姉に答えるように、同じく立ち上がる村田（妹）。

姉が先に部屋を出て行った。妹はテレビの画面をチラリと見る。

テレビには、まだ魔法少女みらくる☆くるりんが映し出されている。

（まだ途中なのにな……）

村田（妹）は、少し後ろ髪を引かれる思いをしながら、姉とリビングへ向かった。

月曜。

昼休憩の時間。村田（妹）は一人で廊下を歩いていた。

姉や優愛と一緒に昼食を食べ終えると、「用事があるから」と言って教室を後にしたのだ。

キョロキョロと誰かを探しながら歩く村田（妹）。

どうやら目的の相手はすぐ見つかったようだ。長身の男、エンジンである。

「ねぇ、ちょっと良い？」

「ん？　あぁ、鳴海氏のご友人の村田氏ですな。小田倉氏たちは上手くいきましたかな？」

「ちょっとそれについて話があるんだけど。放課後空いてる？」

「むぅ、分かりましたぞ。放課後空けておきますぞ」

「校門で待ってるから」

そう言って去る村田（妹）の後ろ姿を見送るエンジン。

彼の顔は、少しだけ青ざめていた。

ぶっきらぼうな感じで用件だけを伝えていく村田（妹）を見て、やらかしたと思ったからである。

オタク君と優愛の仲を良くしたい一心で薦めた映画だが、村田（妹）の様子を見る限りでは状況は芳しくないのだろう。

もしかしたら、自分のせいで余計に拗らせてしまったかもしれない。そんな風に考えていた。

なので授業にも身が入らず、ションボリとした様子で一日を過ごした。

待ち合わせの校門に向かうエンジンは、どことなく哀愁を漂わせている。

まるで死刑宣告を待つ囚人のようである。

「おまた」

「今来たところですぞ」

「そう、じゃあついて来て」

「はいですぞ」

百八十を超える長身のエンジンだが、今は肩を落としており小さく見える。

何故か辛気臭い顔をしたエンジンが気になりつつも、ズンズンと前を歩く村田（妹）。

エンジンに声をかけようにも、今にも死にそうな顔をしているせいで、声がかけづらいようだ。

無言のまま、漫画喫茶の中に入って行く二人。

今のエンジンには、何故漫画喫茶に入る事になったか疑問に思う事すら出来ない。

「ねぇ、くるりんってめっちゃ可愛くない？」

「……はっ⁉」

なので、ブースの中で、突然そんな事を言われ反応に困るエンジン。

「……もしかして、この作品好きじゃなかった？」

呆気にとられるエンジン。

その表情を見て、実はこの作品を、エンジンは好きじゃないのではないかと不安になる村田（妹）。

「そんな事ないですぞ！　某もくるりんちゃんが好きですぞ。くるるんちゃんより好きですぞ」

聞かれてもいないのに、どっちが好きかまで答えるエンジン。

村田（妹）はその回答に満足したのか「やっぱくるりんだよね！」と言って笑顔になった。

そのままPCを点ける村田（妹）に、エンジンが疑問をぶつける。

「小田倉氏と鳴海氏はどうなったか聞いても宜しいですかな？」

「あぁ、その二人なら上手くいったよ。サンキュー」

「どういたしましてですぞ」

上手くいったと聞き、胸をなでおろすエンジン。

緊張が一気に解けたようだ。

「それより、この回のくるりんとか良くね？」

いつの間にかPCで『魔法少女みらくる☆くるりん』を流し始める村田（妹）。

エンジンはオタク君と優愛が上手くいったのに、何故自分が呼び出される事になったのか気になっていたが、なんとなく理由が分かったようだ。

つまり、村田（妹）はくるりんについて語る相手が欲しかったのだと。

姉は興味を持ちはしたが、ハマるほどではなかった。

なので、語り合うのは難しいと判断したのだ。

それでも、話せば付き合ってくれるかもしれない。

だが、もしかしたら変な目で見られるかもしれない。

そんな不安から、姉と『魔法少女みらくる☆くるりん』について語る事はなかった。

次の候補はオタク君だったが、村田姉妹とオタク君は同じクラスだ。

姉にバレないようにコッソリ語るのは難しいだろう。

それに、今はオタク君は優愛と話させてあげたい。

せっかく優愛が上手くいったのに、自分が入ったら邪魔になってしまうかもしれない。

結果、エンジンを誘う事にしたのだ。

面識があまりない上に、男慣れしていない事もあり、抑揚のない声で話しかけてビビらせる事になってしまったが、悪気があってやったわけではない。

エンジンも、その辺りはなんとなく察しているのだろう。特にその事について言及はしなかった。

もしかしたら、それよりもくるりんについて語りたかっただけかもしれないが。

「分かりますぞ！　某は特に十四話の、ゴフッ」

エンジンが語ろうとした矢先に、みぞおちに村田（妹）の拳（こぶし）がめり込む。

「まだ途中までしか見てないんだから、ネタバレすんな」

「それは、申し訳ない、ですぞ……」

思ったよりも痛かったのか、ちょっと涙目のエンジン。

「ゴメン、やりすぎた」

「大丈夫ですぞ。それよりここのくるりんちゃんの笑顔が百点満点ですな」

「分かるわ！」

ＰＣの画面には満面の笑みのくるりんが映し出されている。

それを見て、エンジンと村田（妹）も釣られて笑顔になる。

夜になるまで、二人だけの『魔法少女みらくる☆くるりん』の鑑賞会は続いた。

エピローグ

桜の花が咲く三月の終業式。

オタク君のクラスは、留年する生徒はなく、全員進級する事が決まっているようだ。

なので、教師も生徒も晴れやかな顔をしている。

「春休みは宿題がないからと言って、気を抜きすぎないようにするのですよ」

まだ寒い時期だというのに、ゴキゲンなアロハシャツを着た教師。通称アロハティーチャーがそう締める。

「来年もアロハティーチャーが担任が良いなー」

誰かがそう言うと、他の生徒も「俺も！」「私も！」と声を上げる。

この教師、見た目はアレだが、生徒たちからは慕われているようだ。

「残念ですが、来年は一年生のクラスを受け持つことが決まっているので担任にはなれません。あっ、これバレたら校長に叱られるのでオフレコですよ」

そう言って口元に人差し指を立て、ウインクをする。

「じゃあ言って回らないとな！」

アロハティーチャーが大げさに「オーノー」と言うと、教室中に笑いが起こる。

来年はもう担任になる事がない。だから最後は生徒のために、トレードマークのアロハシャツを着て来たのだろう。

そんな風に生徒を想い、気遣いが出来る。それがアロハティーチャーが生徒たちに慕われる所以なのだろう。

委員長が「起立」と号令をかける。

生徒たちが立ち上がるが、いつもの「礼」の号令はない。

「一年間、ありがとうございました」

事前に打ち合わせをしていたのだろう。

生徒たちが声を揃える。

「こちらこそ、サンキューベリマッチ。それでは」

思わず目元を拭うが、先ほどのように茶化す生徒は誰もいない。

軽く頭を下げ、いつもと変わらない動作で教室を出るアロハティーチャー。

アロハティーチャーが出てから、教室はガヤガヤといつもの空気に戻る。

仲の良いグループでそれぞれ集まるが、どこも話題は「来年も一緒のクラスが良いよね」ばかりである。

「オタク君。来年も一緒のクラスになれると良いね」

オタク君の元に来た優愛も、同じ話題である。

「そうですね。一緒のクラスになれると良いですね」

「私も、小田倉君と一緒のクラスが良いな」

オタク君と優愛の会話に、委員長が割り込む。

割り込んできたのは委員長だけではない。

「ウチらも一緒のクラスが良いし」

「ウチとお姉ちゃんはどうせセットだろうけどね」

村田姉妹である。

優愛と一緒のクラスになりたいという意味で言っているのだろうが、この言い方だと、村田姉妹もオタク君と一緒のクラスになりたいと言っているようにも取れる。

傍から見れば、オタク君争奪戦である。

まぁ、本人たちはそんな事気にしていないし、周りも気に留めてはいないのだが。

来年のクラス替えの話題だったはずが、マシンガンの応戦のようなトークをする優愛と村田姉妹のおかげで次々と脱線していく。

完全に話すタイミングが摑めず、かといって去るのも悪い気がして地蔵のように固まるオタク君と委員長。

なおも優愛たちの会話は止まらない。

「おーい、部活行くぞ」

部室に来るのが遅いオタク君たちを、リコが迎えに来るまでその状況は続いた。

「そういえば」

部室に向かうという事で村田姉妹と別れ、教室を出たオタク君、優愛、リコ、委員長。

四人で歩いている時に、ふとオタク君が思いついたように話しかける。

「三人は自分の部活に行かなくても良いんですか？」

普段から第2文芸部に顔を出している優愛、リコ、委員長。

新年度は新入生の勧誘などもあるのだから、流石(さすが)に今日くらいは所属している部活に顔を出した方が良いんじゃないのかと、気になったのだ。

そんなオタク君の言葉に、優愛たちは同時に首を傾(かし)げる。

「部活って、入部してるの第2文芸部だけど？」

優愛が「ねっ」と言うと、リコと委員長が頷(うなず)く。

「えっ、そうなの？」

「逆に聞くけど、いつもいるのに何だと思ってたの⁉」

「いや、たまり場的な？」

「もー、そんなわけないじゃん」

ぷくーと頬(ほお)を膨(ふく)らませて、不貞腐(ふてくさ)れてみる優愛。

そんな優愛の機嫌を取ろうとして、オロオロするオタク君。

「第一、部員が三人だと同好会に格下げで部室が取り上げになるだろ？」

「うん。鳴海(なるみ)さんと姫野(ひめの)さんが入ってなかったら今年でなくなってたかも」

「そうだったんですね。三人ともありがとうございます」

それは知らなかったと驚くオタク君。素直にお礼を言う。

「礼なんて良いよ。アタシも好きに使ってるし」

「うん。秘密基地みたいで楽しいし」

そんな風に返事をするリコと委員長に、改めてお礼を言うオタク君。

オタク君の隣では、まだふくれっ面の優愛がぷいっと顔を背けていた。

「オタク君がどうしてもって言うなら、いてあげても良いけど」

「五人いれば大丈夫だから、優愛は退部しても大丈夫だぞ」

「おっ？　リコ喧嘩か？　喧嘩するか？」

「部外者がなんか言ってる」

「わーん。オタク君、リコがイジメるよ。一緒にリコの恥ずかしいデマ流そう」

先ほどまで不貞腐れていたのを忘れたかのように、オタク君に泣きつく優愛。

オタク君は、あははと苦笑いである。

「僕は、優愛さんにどうしてもいて欲しいかな」

「しょうがないなぁ。オタク君のためにいてあげるか」

どうやら機嫌が直ったようである。

えへへと言いながらオタク君の腕を取り、くっつく。

思わず「えっ」と動揺するオタク君の反対の腕に、委員長が優愛と同じようにくっついた。

「小田倉君、私は？」

「えっと、委員長にもいて欲しいかなぁ」

「うん。じゃあいるね」

「おっ？　じゃあ五人になったからリコがいらなくなったじゃん！　リコばいばい！」

「小田倉、アタシもいるだろ？」

「はい、リコさんもです」

「えー、オタク君も一緒にリコをイジメようよ！」

そんな風に話しながら第2文芸部へ向かうオタク君たち。

第2文芸部についたオタク君たち。

部に着くなり、優愛がチョバムたちと最初にした話は、オタク君が優愛たちを部員と思っていなかった話だ。

「あぁ、小田倉殿は鈍いところがあるでござるからね」

「そうですな。小田倉氏はニブチンですな」

ちなみに、チョバムとエンジンは、優愛たちが部員であることを知っていた。

「僕って鈍いかな？」

鈍感である。

書き下ろし

時を遡る事二年前。

どこにでもある一軒家、どこにでもある家族の風景。

どこにでもいそうな父と、どこにでもいそうな母。

そして、黒髪のどこにでもいそうな少女、鳴海優愛。

これは鳴海優愛、中学三年生の夏になる少し前の話である。

当時の優愛は。

「ねぇ」

「なんだい？」

「オタクの仕事してて気持ち悪いんだけど」

反抗期であった。

居間で仕事をするためにパソコンで作業している父を見て、優愛はぶっきらぼうに言い放つ。

娘の予想外の言葉に、絶句する優愛の父。同じく優愛の母も絶句していた。

「優愛！」

完全に言葉を失い、口をパクパクさせる父の代わりに、母が強めに娘の名前を呼ぶ。

「フンッ！」

だが、そんな母親の言葉を無視し、不機嫌そうに居間を出ていく優愛。

見事なまでに反抗期である。

自分の部屋に戻っていく娘に対し、優愛の父も母も何も言えなかった。

確かに自分たちがやっている仕事は、一般的に見ればオタクの部類に入る仕事である。

普段から仕事が多忙なために、家を空(あ)けがちな事もあり、いつかこうなるかもしれない。娘の発言に驚きはあったが、やっぱりこうなるかという諦(あきら)めに似た感情を優愛の両親は抱いていた。

なんなら、自分たちには何かを言う権利すらないとまで感じていたのかもしれない。

だから、部屋に戻った娘を追いかける事なく、娘の言葉に凹(へこ)む父を、母が「大丈夫、その内分かってくれるわ」と慰(なぐさ)める程度で終わっていた。

部屋に戻った優愛。

彼女は今、絶賛反抗期中である。

この年頃の反抗期というのは危ういもので、グレてしまう者もいるくらいである。

「絶対に、私はあんな風にならないんだから」

独り言のように、そう言うと、机の中から一つの箱を取り出した。

箱の正面には、可愛らしい金髪女性の写真が載っている。そしてデカデカとこう書かれていた。

『ブリーチ』

髪の脱色剤である。優愛はまだ中学生。当然だが、髪の染色は校則で禁止されている。

つまり、彼女は不良になろうとしているという事なのだろうか。

その箱を見て、優愛は大きく頷(うなず)くと、もう一度机の中に戻した。どうやらまだ使わないようだ。

今度は参考書を開き、勉強をし始めた。どうやらグレてはいないみたいである。

しかし、父親に仕事の事を罵(ののし)り、髪の脱色剤を手に入れ、グレるかと思いきや真面目に勉強し始めたのは何故(なぜ)か？

それは学校に原因があった。

「オタク女」

それが優愛の学校でのあだ名であった。

別に鳴海優愛はオタクではない。両親がゲーム関係の仕事をしているが、本人はあまりそういった物に興味はない。

ただ、たまたま優愛の両親が有名なゲーム会社で働いている事を知っている男子生徒が、たまたまその会社から出ているオタク向けゲームを見てふざけて優愛にそう言ったに過ぎない。

初めは言い返していた優愛だが、反応すればするほど周りは面白がるものである。結果、言い返した事により優愛に「オタク女」というあだ名が定着してしまったのだ。

半ばバカにするように「オタク女」というのは、何も男子だけではない。一部の、本当にごく一部の他人の悪口を肴にする女子もそれに参加していた。

クラスの隅で、わざと聞こえるように「オタク女」と陰口を言うクラスメイトたち。

そんなクラスメイトに対し、優愛が取った行動は。

(秋華高校に入って、可愛くなって見返してやる)

かなり真面目なリベンジ方法だった。

参考書を読み、ファッション誌を読み、日々勉学に明け暮れる優愛。

決して器用ではない彼女だが、それでも地道に努力を続け、それは結果として表れていく。

「鳴海さん、この前のテスト全部学年上位だったみたいだよ」

「サッカー部のキャプテン、鳴海さんに告ったらしいよ」

冬になる頃には、彼女を「オタク女」と言う生徒はほぼいなくなっていた。

平均的だったテストの点数は上位に、どこにでもいそうな少女の印象は、街で見かけたら思わず振り返りそうな美少女に。

努力の結果、ここまで優愛は変われた。ただ、どうしてもその途中でくじけそうになり、半ば八つ当たりのように両親を罵ってしまったわけだが。

罵った翌日、両親はまるで何もなかったかのように当たり前に接してくれていた。

初めの頃は両親の仕事のせいで「オタク女」と言われている事に腹を立てたが、今では別にそこまで気にもしていない。

なんなら謝りたいと思う優愛だが、罵った日から数ヶ月が経っていた。変わらず接してくれる両親に対し、自分がファッション誌を読んだりしている事が、逆に後ろめたく感じてしまい、結局謝れず仕舞いのままであった。

そして春になり、自由と偏差値が高い事で有名な秋華高校に入学が決まり、自慢げに金髪姿で卒業式に出る優愛。

秋華高校に進学が決まっているため、教師たちから咎められる事はない。

とはいえ、少々非常識ではある。そんなのは優愛自身も分かっていた。

「フ、フンッ。金髪とかアニメの真似でもしてるんじゃない」

かつて自分に陰口を言った女子たちへの当てつけである。

真っ黒な髪、当然メイクなんてしているわけがない。

それに対し、優愛は綺麗な金に染まった髪。普段から練習したのだろう、メイクをして見事なギャルになっている。

見た目でも、学力でも格付けが完了していた。

（なんか、思ったより気持ち良くないっていうか、どうでも良い）

リベンジ成功のはずなのに、優愛の気持ちが完全に晴れる事はなかった。

いい加減両親に謝るべきとは思うが、今の自分の格好を見ると、なんだか言葉が軽く感じてしまう。

とはいえ、それはそれ。

「ヤッバ、このネイル神じゃん！」

学生生活は、なんだかんだで楽しいようである。

「ねぇねぇリコリコ。このネイル。ヤバくね？」

「……ヤバいんじゃないかな」

「村田姉妹、このネイルどうよ」

「あはは、ヤバいわ。優愛アンタ才能あるわ」

新作のネイルを自慢げに見せる優愛だが、その出来に誰もが悪い意味でヤバいと答える。

他の知り合いにも話しかけてみるが、どれも悪い意味でヤバいという反応で、苦渋の表情を見せる優愛。

確かに悪い意味でヤバいのは理解できる。だがどうすれば良くなるのか分からない。

アドバイスが貰えればラッキーと思い次々と話しかけてみるが、ネイルが出来る知り合いは出て来ない。

そして迎えた放課後。

「もう誰もいないかな」

どうすれば良くなるか作戦会議を開こうとする優愛だが、いつも話す友人たちはあいにく帰宅した様子。

教室に戻り、もう帰ろうかなと考えていた時だった。

（あ、まだいるじゃん）

教室でポツンと一人、帰る準備をしている男子生徒が優愛の目に入った。

（確か……）

その男子生徒に、優愛は見覚えがあった。

なぜなら、授業中によく女の子の絵を描いているからである。

今日は「それ制服の意味あるんか？」と言いたくなるくらい制服を着崩したギャルっぽい絵を彼が描いていたのを、優愛は知っている。

まぁどんな絵を描こうが本人の自由だ。それよりもどうやって声をかけようかと悩んだ優愛の脳裏に、彼の絵の吹き出しが浮かぶ。

（何度も『オタク君』ってセリフが書かれてたから、もしかしてオタク君って呼ばれたいのかな？）

オタク呼ばわりはどうかと思う優愛だが、本人がギャルにそう呼ばれたいなら、呼んであげた方が喜ばれて話しやすいかもしれない。

意を決し、優愛は絵を描いていた男子生徒に話しかけた。

「ねぇねぇオタク君」

この時、優愛が話しかけた事により、オタク君が色々な人を変えていく事になるが、今の彼には、いやきっと未来の彼も知らないだろう。

そして、物語が始まる。

あとがき

祝！　二巻発売。

いやぁ、前回のあとがきを読んで「二巻続刊も決まってるんだ」という感想をチラホラ見まして、よく考えたらそう取られても仕方ない内容だったなと思います。

エピローグを見て、これで完結なんだなと思われないように書いたつもりだったのですが……でも二巻出たんだから結果オーライだよね！

というわけで二巻です。オタク君たちの学生生活も一年目が終わりましたね。

とにかく自分のやりたい、書きたいを詰め込みまくったので、読者の皆様からすれば怒濤のイベントラッシュだったんじゃないでしょうか。

もし出たらになりますが、三巻も今までに負けないくらいにあれこれと詰め込んでいるので、ぜひ手に取って頂けますと幸いです。

ついでにコミック版の『ギャルに優しいオタク君。』も宜しくお願いします。こちらの新刊の二巻がつい先日発売したばかりなので、合わせて購入して頂けますと泣いて喜びます。

さて、ページが余るのでまだまだ書きます。

今回もキャラ名を考えてくれた方々の紹介です。

三木未希。命名者　みきみきさん/伊藤愛美。命名者　下田心也さん。ありがとうございました。

　基本的にキャラの名前を考えるのが苦手なので、なろう版では名前無しで無理やり進めて、結果読者も作者も脇役キャラがどんなのだったのか分からなくなったりと混乱を招くため、やはりキャラには名前があった方が良いなと思うので「キャラ名の手伝いくらいならしてあげても良いんだからね！」という方はツイ……ゲフンゲフン、Ｘで気軽に声をかけて貰えると助かります。いまだにチョバムとエンジンの名前が決まっていないくらいにはキャラ名に困ってます。

　まぁ、手伝ってもらっても、あとがきで名前書いてお礼言うくらいしか出来ないので恐縮ですが。

　さて、まだページが余っているので、ちょっとした今日から使える豆知識を。

　あとがきにＫＡＤＯＫＡＷＡ様から出版してる作家様の名前を書くと、その作家様に献本が届く！

　前回のあとがきを書いた後に担当者様から「あとがきに名前のある先生には、献本として一冊送っておきました」と連絡が来て「え、まじで？」とビックリしました。そんな事があるんだと思い、後日他の作家様に話すと「え、まじで？」という反応が返ってきたので、多分知っている作家さんはほとんどいないと思います。

　これが担当者様によって対応が違う場合は、この後に注釈で「担当によって変わります」とか書かれるんじゃないかなと思います。

とまぁ、真面目な話はここまでにして、イラスト良くない⁉ すごく良くない⁉

一巻は最後の水着姿の委員長も良かったし、カラーでオタク君たちの水着姿も良かったし、優愛のハーフツインのメイド姿とか良いよね。メイドは良いんだよ。とても良いんだよ。皆はどのメイドが好き？ 俺は太ももに銃や短剣を隠し持ってるメイドがスカートを翻（ひるがえ）しながら武器を取り出すしぐさが一番好きかな！

漫画の方も勿論（もちろん）良いし、イラストも良いから毎回見る度に「んほぉぉぉぉぉ」と汚い喜びの声を上げてるんですよ。それくらい良いんですよ。

今回もハロウィンや愛してるゲームのイラストとか良い感じですよね。良い感じですよね（大事な事なので二回言いました）

キャラデザのリコとか特に最高なのですが、自分が勝手に出すわけにもいかないので日の目を浴びないのが残念です。

もし続刊すれば、次回はなろう版で人気の新キャラが出て来ます。

皆様や頑張ってくれている漫画家様イラストレーター様、担当様や関わってくれた沢山の方のためにも、そして俺個人が見たいという欲望のためにも精進していきたいと思います。

それでは、また次巻のあとがきで語れる事を楽しみにしております。

narumi

■ご意見、ご感想をお寄せください。……………………………………………………
ファンレターの宛て先
〒102-8177　東京都千代田区富士見2-13-3　ファミ通文庫編集部
138ネコ先生　　成海七海先生

FBファミ通文庫

ギャルに優しい(やさ)いオタク君(くん)2

1829

2023年12月28日　初版発行

◇◇◇

著　者　138ネコ(いちさんはち)
発行者　山下直久
発　行　株式会社KADOKAWA
〒102-8177 東京都千代田区富士見2-13-3
電話 0570-002-301（ナビダイヤル）
編集企画　ファミ通文庫編集部
デザイン　岩井美沙
写植・製版　株式会社スタジオ205プラス
印　刷　TOPPAN株式会社
製　本　TOPPAN株式会社

●お問い合わせ
https://www.kadokawa.co.jp/（「お問い合わせ」へお進みください）
※内容によっては、お答えできない場合があります。
※サポートは日本国内のみとさせていただきます。
※Japanese text only

ISBN978-4-04-737735-6 C0193

定価はカバーに表示してあります。

現代陰陽師は転生リードで無双する 参

既刊 2巻好評発売中！

著者／爪隠し
イラスト／成瀬ちさと

順調な小学校生活&はじめての難関・武家合宿編!

陰陽術に夢中になっているうちに、ついに小学生になってしまった峡部聖。前世ではあまり楽しめなかった学校生活。だからこそ、やりたいことがたくさん浮かんでくる。今度こそ悔いのない学生生活を送ってみせよう！

FB ファミ通文庫

煽り煽られしてたネトゲ仲間が品行方正な美人先輩だった話

著者／tama
イラスト／たん旦

アタシに勝てたら、ご褒美として彼女にでもなってあげようか？

神木玄人（かみきくろと）には“ゴリさん”という仲の良いネット友達がいる。こんな名前だけど女性だ。気も強いし煽りも強いけどゲームの腕前もピカ一のゴリさんが一番親しい女性の玄人はうっかり恋愛事の相談をしてしまい――。